Mirjam Maag

AF139110

Action am Berg: Erlebnisse einer Profi-Wanderleiterin

Da es sich um tatsächlich stattgefundene Ereignisse handelt, wurden aus Datenschutzgründen wo nötig die Namen oder Handlungsorte verändert.

Die Texte sind geistiges Eigentum der Autorin. Jede Wiedergabe, auch auszugsweise, bedarf der vorgängigen, schriftlichen Genehmigung der Autorin.

© 2014 Mirjam Maag
1. Auflage 2014
Fotos: Archiv Mirjam Maag
Herstellung und Verlag:
BoD – Books on Demand, Norderstedt

ISBN 9783735719805

Inhalt

Seite

Abenteuer Corfu-Trail

Der Corfu-Trail ist ein markierter, etwa acht Tage dauernder Weitwanderweg quer durch die griechische Insel Korfu. Die Markierungen sind dürftig und fehlen an den entscheidenden Stellen manchmal ganz, da der Weg nicht regelmässig unterhalten wird. Zudem gibt es für Korfu keine Wanderkarte. Die einzige erhältliche Strassenkarte liefert kaum wichtige Anhaltspunkte und hat einen zum Wandern untauglichen Massstab. Die Infrastruktur im Landesinnern ist sehr dürftig, Einkaufsmöglichkeiten und Übernachtungsorte sucht man vergebens. Der Corfu-Trail erfordert deshalb von den Wanderern eine grosse Portion Abenteuerlust und Flexibilität, was ich im Vorfeld der Tour auch extra betont habe.

Und es geht gleich am Anreisetag los mit dem Abenteuer. Da wir einen Morgenflug genutzt haben, möchten wir den Nachmittag auf einer ersten Tour am südlichsten Zipfel der Insel verbringen. Ein Transferbus bringt uns so weit als möglich dorthin; denn das Südende ist nur noch mit Wander- und Forstwegen erschlossen. In munterem Auf und Ab auf lehmigen, wegen des zeitweisen leichten Regens rutschigen Wegen erreichen wir das Meer. Nun führt der Weg direkt auf dem einsamen Sandstrand einer Steilküste entlang. Es ist ein wunderschöner Wegabschnitt, der mir von der Rekognoszierungs-Tour her noch sehr gut in Erinnerung ist. Vermutlich aber auch deshalb, weil es sehr hohe Wellen hatte. Diese schlugen an einer Engstelle, wo die Steilküste sehr nahe an den Strand kommt, sogar über mir zusammen. So war ich bereits eine Stunde nach dem Start klitschnass bis auf die Haut!

Die Situation ist heute wieder ähnlich. Auflandiger Wind schiebt grosse Wellen vor sich her. Ich habe den Gästen deshalb vorgängig empfohlen, die Badehose mitzunehmen. Wir ziehen uns um und verpacken Kleider und Schuhe wasserdicht. Nun sind wir besser vorbereitet auf die Engstelle als ich damals. Kurz davor sehe ich, dass es wirklich kritisch ist. Ich beschliesse, vorerst alleine ums entscheidende Eck zu waten und zu schauen, ob diese Passage verantwortbar ist. Doch kaum bin ich an der exponiertesten Stelle, wirft mich ein grosser Brecher regelrecht gegen den Felsen. Die Uhr am Handgelenk verschwindet in den Fluten, das Armband ist gerissen. Und die Narbe auf dem Handrücken werde ich wohl als lebenslange Erinnerung an Korfu mit mir herumtragen.

Genug Federn gelassen, wir kehren um. Zudem fängt es nun auch noch an leicht zu regnen. Bis wir wieder den breiteren Strandbereich erreicht haben, sind wir auch noch von oben nass. Einige haben nur die Wanderhose ausgezogen und gedacht, sie könnten auf die Badehose verzichten. Doch die Wellen kamen bis auf Bauchhöhe! Nun sind wir alle wirklich nass. Einige bestreiten diese Tatsache jedoch tapfer, die geschossenen spektakulären Fotos werden aber später das Gegenteil beweisen.

Über die schlammigen Wege erreichen wir wieder den Ausgangsort. Der Transferbus ist noch nicht dort eingetroffen, da ich ihn telefonisch vom beabsichtigten Ziel wieder zum Startort bestellen musste. Aber zum Glück hat es an der Strasse eine kleine Taverne mit einem überaus netten griechischen Wirt. Und genau als wir unter dem Vordach Platz genommen haben, öffnet der Himmel endgültig seine Schleusen. Also doch noch Glück gehabt. Aber wie wir aussehen!

Alle sind durch und durch nass und die Schuhe dreckig wegen den aufgeweichten Pfaden. Wir säubern sie so gut es geht. Trotzdem sehe ich, peinlich berührt, wie eine Dreckspur durch das Restaurant in Richtung Toilette entstanden ist. Aber wir konsumieren auch reichlich, denn wir müssen ja unser erstes bestandenes Abenteuer feiern!

Der Transferbus ist da. Aber als wir einsteigen wollen, bedeutet uns der Fahrer, dass wir die Schuhe ausziehen sollen. Mit den Socken hinein? Unüblich, aber na ja. Wir sind auf diesen Transport angewiesen, also hat der Chauffeur das Sagen. Der Erste will mit den Schuhen in der Hand, die er wegen der nassen und schlammigen Strasse auf dem ersten Trittbrett oben ausgezogen hat, einsteigen. Aber das passt dem Chauffeur auch nicht. Der Fahrer weist auf die nur von aussen zugängliche Ladeluke im Bauch des Busses. Dort hinein sollen die Schuhe. Im Innern akzeptiert er sie nicht. Wir versuchen alles, aber es nützt nichts. Er bleibt hart, rührt keinen Finger und steigt nicht mal aus. Denn es regnet nach wie vor. Die unbefestigte Strasse ist nass und schlammig. Wie sollen wir in den Socken von der Ladeluke in den Bus steigen? Wir reichen untereinander die Schuhe vom Trittbrett nach hinten in Richtung Ladeluke. Und der Letzte? Den beissen bekanntlich die Hunde!

Corfu-Trail: Bei Agios Georgios

2

Wir hatten eine tolle Wanderwoche ...

und nichts kann unsere gute Laune verderben!

Flughafen Split, Kroatien. Der kleine Provinzflughafen, in den sechziger Jahren für eine Jahreskapazität von 150'000 Passagieren erbaut, ist völlig unterdimensioniert. Heute benutzen über 1,2 Millionen Passagiere jährlich den Flughafen. Zwar wurde er in der Zwischenzeit etwas erweitert, trotzdem bricht in der Hauptreisezeit jeweils das grosse Chaos aus.

Auch wir sind davon betroffen und finden im Gewühl in der Abflughalle kaum Sitzplätze. Gerade haben wir eine tolle Wanderwoche in der Inselwelt der kroatischen Adria verbracht. Alle schwelgen noch in Erinnerungen und lassen die Ereignisse der vergangenen Tage Revue passieren, nicht ahnend, dass sich das grösste Ereignis gerade erst anbahnt.

Es ist Samstag, 13.00 Uhr. Vor einer Stunde sind wir am Flughafen eingetroffen, haben eingecheckt und warten nun vor dem Gate, bis unser Edelweiss-Flug nach Zürich aufgerufen wird. Planmässiger Start ist um 13.55 Uhr. Es ist extrem stickig in der völlig überfüllten Abflughalle, nicht alle finden einen Sitzplatz. Auch nicht, als eine Stunde Verspätung angezeigt wird, weil das von Berlin kommende Flugzeug wegen Nebels dort nicht planmässig starten konnte. Der Kampf um Sitzplätze intensiviert sich; nun lohnt es sich noch mehr. Auch Gepäckablagen, Getränkehalter und Fensterborde werden nicht verschmäht. Unsere 14 Wanderer umfassende Gruppe ist über die gesamte Etage verstreut. Eigentlich hätten wir Durst, doch die wenigsten stehen in die lange Schlange, die sich am Getränkestand gebildet hat. Die Warterei ist mühsam. Doch wir hatten eine tolle Wanderwoche und nichts kann unsere gute Laune verderben ...

Die Zeit verrinnt schleppend langsam und alle sind froh, als die ausgebuchte, 160 Plätze fassende Edelweiss-Maschine schliesslich landet und wenig später zum Boarding bereit ist. Ruckzuck sitzen alle auf ihren Plätzen und die Maschine rollt zur Startbahn. Doch der unerfahrene Co-Pilot schlägt das Fahrwerk zu stark ein, weil er auf dem kleinen Parkfeld in einer sehr engen Kurve hätte ausparken sollen. Die Folge: Mitten auf dem Flugfeld blockiert das Fahrwerk und wir bleiben stehen. Nichts geht mehr. Sieht nicht gut aus, denke ich. Doch wir hatten eine tolle Wanderwoche und nichts kann unsere gute Laune verderben ... Der Pilot orientiert über Intercom, dass ein Airbus-Techniker von Split komme, um das Problem zu beheben. Die Innentemperatur liegt bei gefühlten 35°.

Wir schicken uns ins Unvermeidliche und harren der Dinge, die da kommen werden. Der Techniker trifft ein. Die Zeit vergeht. Pilot und Techniker tauschen ratlose Blicke. Innentemperatur gefühlte 40°. Wir sind kurz vor dem Verdursten. Die Crew verteilt einen Becher Wasser an alle Passagiere. Pilot und Techniker schütteln die Köpfe. Wir müssen wieder aussteigen, da der Pilot einige Tests machen möchte, bei denen aus Sicherheitsgründen keine Passagiere an Bord sein dürfen.

Wieder in der Abflughalle stellen wir fest, dass diese noch voller geworden ist. Die Aussicht auf Sitzplätze ist gering. Überall liegen und sitzen Personen, sogar auf dem schmuddeligen Boden. Aber wenigstens können wir Wasser kaufen. Es ist mittlerweile 17.00 Uhr, wir sind seit fünf Stunden auf dem

Flughafen. Notabene für einen Flug, der nur 1½ Stunden dauert. Nun informiert uns der Pilot, dass ein Schweizer Techniker von SR Technics sowie ein Ersatzteil von Zürich über Nacht mit einem extra dafür gemieteten Learjet eingeflogen werden müsse. Für uns bedeutet das: Gepäck wieder vom Gepäckband nehmen und ab in ein Hotel über Nacht. Doch wir hatten eine tolle Wanderwoche und nichts kann unsere gute Laune verderben ...

Mit unserem Gepäck verlassen wir das Flughafengebäude und warten davor auf den angekündigten Transferbus. Doch diese ausserplanmässige Aktion überfordert die Verantwortlichen sichtlich, denn wir stehen uns 1½ Stunden die Beine in den Bauch, bis wir endlich in einem Bus Platz finden. Gegen 19.00 Uhr, über sieben Stunden nach unserer Ankunft am Flughafen, werden wir vor dem Hotel Medena im benachbarten Trogir abgeladen. Ein riesiger Hotelkasten mit hunderten Zimmern, viele davon in katastrophalem Zustand, da die Renovierung noch ansteht. Doch wir hatten eine tolle Wanderwoche und nichts kann unsere gute Laune verderben ... Das Nachtessen ist schlicht ungeniessbar, aber unsere Ansprüche haben sich längst reduziert auf die Deckung der Grundbedürfnisse.

Sonntag, 5.00 Uhr. Wir sitzen beim ebenso ungeniessbaren Frühstück, das aber ohnehin nur kurz ausfällt. Schon sind die Transferbusse wieder da. Das Flugzeug wurde über Nacht repariert, um 7.00 Uhr heben wir ab. Beim Abflug und auch beim Anflug auf Zürich-Kloten handeln wir uns 30 Minuten Verspätung ein, weil der Luftraum überlastet ist und wir als ausserplanmässiger Flieger nicht reinpassen in die knappe Abfolge von Slots. Um 9.00 Uhr landen wir schliesslich in Kloten, um 12.00 Uhr bin ich zu Hause. Macht dann genau 24

Stunden Reisezeit. Ein Novum, nach geschätzten 30 Flügen Zürich-Split-Zürich in den letzten 15 Jahren ...

Doch wir hatten eine tolle Wanderwoche und nichts konnte unsere gute Laune verderben ;-)

Herzlichen Dank an die Wanderer, die alles mit stoischer Ruhe und viel Witz über sich ergehen liessen!

Wandern auf der Insel Brač, kroatische Adria

3

Schlechter gehts nimmer

Wo der Gast definitiv nicht der König ist: Tatsachenbericht einer Hotel-Übernachtung anlässlich einer Rekognoszierungs-Wandertour in den Südtiroler Dolomiten im August 2013.

Es ist Hochsaison im Südtirol. Die Hotels sind rappelvoll, sogar überregional sind kaum mehr Betten zu finden, auch nicht vereinzelte. Bei meinen vorgängigen telefonischen Reservierungen der Unterkünfte für meine Reko-Tour treffe ich dann auch oft auf recht arrogante Hoteliers, die es im wahrsten Sinne des Wortes nicht nötig haben, eine Einzelperson eine Nacht lang zu beherbergen. Per Mail geht gar nichts: Von acht per Mail angefragten Hotels in Sexten und Welsberg bekomme ich – null Antworten.

Dem Fass den Boden schlägt ein Hotel im Höhlensteintal aus, an der Passstrasse nach Cortina d'Ampezzo gelegen. Meine Wanderroute führt daran vorbei. Ich bin auf das Hotel als Unterkunft für eine Nacht angewiesen, da in dieser Gegend weit und breit keine anderen Gasthöfe stehen, die innert nützlicher Frist zu Fuss zu erreichen sind. Zudem hat das Haus eine historische Vergangenheit und einen schönen Blick durch ein Seitental hoch direkt auf die Gipfel der Drei Zinnen. Das alles stelle ich mir interessant vor. Nun, um es gleich vorwegzunehmen: Der Aufenthalt in diesem Hotel wird interessanter werden als gedacht.

Meinen Anruf nimmt eine ältere, mürrische Frau entgegen.

«Guten Tag, hätten Sie am 22. noch Platz zum Übernachten?», frage ich freundlich.

«Nun, wir haben schon einige Gäste da.»

Hä? Was soll das jetzt heissen? Ich versuche es nochmals. «Ich werde nächstes Jahr mit einer Wandergruppe bei Ihnen vorbeikommen und möchte deshalb am 22. bei Ihnen übernachten auf meiner Rekognoszierungs-Tour.»

«Ja, wir hatten schon einige Wandergruppen dieses Jahr, aber keine aus der Schweiz», entgegnet sie unwirsch.

Mein Fragezeichen wird grösser. Irgendwie reden wir aneinander vorbei. «Das wäre dann erst für nächstes Jahr. Wäre es möglich, dass Sie mir ein Zimmer reservieren könnten am kommenden 22.?»

«Na, dann kommen Sie dann mal vorbei», antwortet sie desinteressiert und macht Anstalten, aufzuhängen. Ich habe den dringenden Verdacht, dass sie sich gar nichts aufgeschrieben hat. Das klappt bestimmt nicht, denke ich, und interveniere nochmals.

«Ja, gerne, mein Name ist Maag und ich würde dann also am 22. für eine Nacht kommen. Geht das mit Halbpension?» Halbpension ist wichtig, weil es ja weit und breit keine anderen Gasthöfe in der Gegend gibt.

«Was, Halbpension wollen Sie auch noch? Unglaublich. Sie kommen aus der Schweiz, nicht wahr?»

«Ja, genau.»

«Und macht man das in der Schweiz auch so?»

«Äh, ja, das ist ganz normal.»

«Unglaublich», wiederholt sie. Und dann hängt sie einfach auf!

Na toll. Ich bin also auf alles vorbereitet, als ich an besagtem 22. um 14.15 Uhr dort eintreffe. Ein schönes Gebäude, mit heruntergezogenem Dach, das mich an die Walmdächer der Schwarzwaldhäuser erinnert.

Den Hoteleingang finde ich verschlossen vor. Nanu, denke ich und gehe über die Restaurant-Terrasse ins Gebäude hinein. Hinter dem Bartresen finde ich schliesslich einen Mann.

«Guten Tag, ich habe reserviert zum Übernachten.»

«Davon weiss ich nichts. Und übrigens sind Sie zu früh, normalerweise geben wir die Zimmer erst ab 15.00 Uhr.» Aha, Entschuldigung, dass ich ganze 45 Minuten zu früh dran bin, denke ich sarkastisch.

«Ich habe bei einer älteren Frau telefonisch reserviert vor einigen Tagen», versuche ich es nochmals, da sich der Barmann desinteressiert abwendet und davongehen will.

«Die Chefin musste heute ins Spital und wir wissen nicht, ob sie wieder kommt oder bleiben muss. Das Herz.» Na super.

«Wie viele Zimmer haben Sie?»

«30.» Er dreht mir wieder den Rücken zu und fängt an, Mülleimer zu leeren.

«Hallo?», lenke ich seine Aufmerksamkeit wieder auf mich, «wie wollen wir verbleiben? Soll ich mal bis 15.00 Uhr warten?»

«Ja, das können Sie, wenn Sie wollen.» Mir bleibt wohl nichts anderes übrig.

Ich schaue mir die Umgebung an und setze mich dann an einen Tisch der bedienten Terrasse des Restaurants. Die Bedienung lässt ganze 23 Minuten auf sich warten, sie bedient die anderen Gäste auf der kleinen, nur etwa zur Hälfte vollen Terrasse. Dann endlich gelingt es mir, ihre Aufmerksamkeit zu erregen.

«Eine Cola light, bitte.»

«Die müssen Sie in Selbstbedienung an der Bar holen», entgegnet sie spitz.

Mir reisst langsam der Geduldsfaden. «Das hätten Sie auch schon vor 23 Minuten sagen können», entgegne ich.

«Na gut. Geben Sie mir 2.50 Euro, dann hole ich sie für Sie an der Bar.»

Ich klaube das Geld hervor und schwanke zwischen Ungläubigkeit und Wut. Langsam fühle ich mich wie in einem falschen Film. Oder versteckte Kamera?

Um 15.10 Uhr melde ich mich abermals an der Bar. Der Barmann hat in der Zwischenzeit telefonischen Kontakt gehabt mit der Chefin. Ich könne das Zimmer Nr. 1 haben. Wir gehen zur Reception, wo ich ein Anmeldeformular ausfüllen muss.

«Schön schreiben, damit wir das lesen können», herrscht er mich an. Ich schlucke meinen aufwallenden Ärger hinunter, schliesslich bin ich auf dieses Bett angewiesen. Am Schlüsselbrett sehe ich, dass die meisten Schlüssel hängen. Also sind wohl viele Zimmer nicht vermietet, was angesichts des proppenvollen Südtirols sehr ungewöhnlich ist.

Ich gehe nach oben und schliesse die Türe auf. Ein Geruch nach Abwasser schlägt mir aus dem Badezimmer entgegen. Vermutlich wurde das Zimmer schon längere Zeit nicht mehr vermietet. Dann trocknet der Siphon aus und die Gerüche dringen von der Kanalisation herauf. Eine Deckenlampe im Zimmer ist nicht vorhanden, dafür eine nackte Leuchtstoffröhre, die ein kaltes, grelles Licht verbreitet. Schade, denn die Ausstattung umfasst sogar einen antiken Sekretär und ist damit überdurchschnittlich. Kurz darauf wird mir klar, wieso eine solch leuchtstarke Neonröhre her musste: Das kleine, bis zum Boden reichende Fenster lässt nur wenig Licht herein, da es sich unter dem heruntergezogenen Dach befindet. Man hat keinen direkten Blick nach draussen. Ich mache es auf. Gebückt kann ich auf den Balkon hinaus und unter dem Vordach durch ins Helle. Die anderen Zimmer sind viel besser angeordnet. Wieso habe ich dieses bekommen, wenn doch so viele andere leer stehen? Der Balkon dient mehreren Zimmern gleichzeitig. Abtrennungen fehlen, sodass die benachbarten Gäste einander direkt ins Zimmer schauen können. Deshalb sind wohl die Liegebetten quergestellt, quasi als mobile Behelfs-Abschrankungen. Es hat ja keiner gerne, wenn man ihm ins Zimmer schaut. Auch ich muss, als ich zurück im Zimmer bin, den Vorhang ziehen, damit ich mich ungestört umziehen kann.

Ich mustere die beiden sehr schmalen Betten (70cm) genauer. Bei einem der beiden Kopfkissen fehlt der Bezug. Die Betten sind mit Duvets und mit Wolldecken ausgestattet, die mal unter der Matratze stecken, mal heraushängen. Das Ganze macht mir einen schmuddeligen Eindruck. Obwohl ich nicht heikel bin, untersuche ich genau, ob ich da wirklich frische Bettwäsche vor mir habe. Ich komme zum Schluss, dass sie frisch sein muss, die Betten wurden einfach unordentlich gemacht.

17.00 Uhr. Die Sonne ist mittlerweile weg und es ist kalt geworden – sowohl draussen als auch im Zimmer. Ich habe Lust auf einen heissen Tee und gehe nach unten ins Restaurant. Diesmal ist die Bedienung flott. Kein Wunder, ich bin der einzige Gast. Der Tee kommt sofort, sie aber auch mit dem Besen. Reinemachen ist angesagt. Ich muss aufstehen, damit sie auch unter meinem Tisch wischen kann. Die Luft riecht nach Staub. Nicht gerade ein Vergnügen. Ich finde noch eine drei Tage alte Tageszeitung und beginne gerade zu lesen, als ich schon wieder aufstehen muss. Diesmal startet sie mit dem nassen Wischmop einen Angriff auf meine Füsse unter dem Tisch. Nun wird mir klar, warum zu dieser Zeit keine Hotelgäste im Restaurant sitzen – ab 17.00 Uhr ist in diesem Hotel Zimmerstunde für die Gäste! Da sind sie unerwünscht, weil geputzt wird. Seufzend räume ich das Feld und ziehe mich ins Zimmer zurück. Aus den Augenwinkeln sehe ich noch eine ca. 80jährige Frau. Aha, bestimmt die Chefin, die also doch vom Spital zurückgekehrt ist.

19.00 Uhr. Der Barmann hat gesagt, dass es um diese Zeit Abendessen gibt. Ich gehe nach unten, schaue in den Speisesaal. Es ist bereits 10 Minuten nach 19.00 Uhr, hoffentlich bin ich nicht zu spät. Doch der Speisesaal ist dunkel. Ich suche und finde die Bedienung. Ich frage sie, wo denn das Abendessen stattfindet. Da müsse ich an der Reception fragen gehen, antwortet sie. Aha? OK. Dort finde ich niemanden, ausser Gäste, die auch etwas ziellos herumlungern. Schliesslich starten wir einen gemeinsamen Angriff und stürmen zusammen den dunklen Speisesaal. Die anderen Gäste – es handelt sich gesamthaft um etwa 6 Paare – setzen sich im Dunkeln an ihren angestammten Tisch. Ich stehe etwas verloren herum, bis die Chefin auftaucht und das Licht anzündet.

«Wo darf ich sitzen für das Halbpensions-Abendessen?», wende ich mich an sie.

«Was? Davon weiss ich nichts.» Eigentlich würde mir spätestens jetzt der Kragen platzen, aber ich bin auf das Abendessen angewiesen, ich habe beim Wandern nie viel Lunch dabei. Und in der Nähe gibt es ja kein anderes Restaurant. «Da müssen Sie jetzt warten», blafft sie mich an.

So stehe ich weiter herum, bis sie sich bequemt, mir an einem freien Tisch ein Besteckset hinzulegen. Das unbenutzte Frühstücksgeschirr, das noch auf dem Tisch steht, schiebt sie ein bisschen zur Seite, räumt es aber nicht ab.

16

Ich setze mich. Das Tischtuch ist fleckig und von Brosamen – vermutlich vom Frühstück – übersät. Diverse Ringe von Gläsern zeigen, dass das Tischtuch wohl schon länger hier liegt. Doch mich kann nichts mehr aus der Ruhe bringen, auch nicht die dicke Staubschicht auf den tiefhängenden Lampenschirmen. ‹Nur nicht zu stark ein- und ausatmen›, sage ich mir und harre der Dinge, die da (hoffentlich) kommen.

«Möchten Sie das Gulasch oder das ‹Escaloop› ?», fragt mich die Chefin mürrisch. Noch ein Gast, das hat ihr gerade noch gefehlt.

«Das ‹Escaloop› », antworte ich. Kommentarlos dreht sie sich um und schlurft in die Küche. Sie kocht nicht selber, noch jemand muss in der Küche sein. Aber den Abendservice macht sie alleine, die Bedienung ist nach Hause gegangen.

Ich schaue aus dem Fenster, der Blick in die Berge ist schön und überbrückt die Wartezeit. Als sie mal wieder an meinem Tisch vorbeiläuft, blafft sie mich an: «Sie sehen desinteressiert aus.» Mein Gott, ich habe nur aus dem Fenster geschaut! Doch sie ist noch nicht fertig mit mir. «In Zukunft mache ich den Speisesaal erst um 20.00 Uhr auf, dann erledigt sich das nämlich von alleine.» Wie zum Geier meint sie jetzt das schon wieder? Ich beginne zu zweifeln, vor allem an ihrer geistigen Gesundheit.

Das ‹Escaloop› entpuppt sich als lauwarmes Schweineschnitzel. Als Beilage gesteht sie mir eine Rose Broccoli (kalt) sowie Bratkartoffeln (heiss und verbrannt) zu. Na ja, immerhin feste Nahrung. Zum Dessert gibts Tiramisu. Lange ringe ich mit mir, ob ich dieses Risiko eingehen soll oder nicht und entscheide mich schliesslich dafür (ich habs überlebt). Nach dem Dessert sagt sie mir, ich könne mich dann im Fall auch am Salatbuffet bedienen, sonst werde sie es wieder abräumen. Prima, jetzt habe ich keine Lust mehr auf Salat. Wie dem Herrn am Nebentisch vermutlich die Lust auf den Merlot, den er vor einer Stunde bestellt hat, inzwischen vergangen ist. Jedenfalls steht er nun auf, organisiert sich an der Bar ein Wasserglas und füllt es an einem Wasserhahn.

20.30 Uhr. Die Tür zum Speisesaal geht auf und zwei Paare kommen herein.

«Hätten Sie noch zwei Doppelzimmer für uns für eine Nacht», fragen sie die Chefin flehend und schauen sie hoffnungsvoll an. Sicher haben auch sie Probleme, im völlig ausgebuchten Südtirol ein Bett zu finden.

«Nein, alles ausgebucht», antwortet die Chefin.

Überrascht schaue ich hoch. Natürlich hat sie Zimmer, es sind ja nur etwa 9 der 30 Zimmer besetzt!

Die zwei Paare gehen wieder, und alle Hotelgäste blicken nun die Chefin an, in Erwartung einer Erklärung. Diese kommt postwendend.

«Eintagsfliegen sind nicht willkommen», giftelt sie und blickt böse in meine Richtung. Aha, dann bin ich also eine Eintagsfliege.

Ich möchte noch alles bezahlen, damit ich am nächsten Morgen dann gehen kann, wann ich will. Ich frage die Chefin also, ob ich noch bezahlen könne.

«Da müssen Sie warten, bis ich mit dem Abendservice fertig bin.» Gut. Ich warte. 10, 20, 30 Minuten lang. Dann hat sie auch den letzten Gästen das Dessert serviert und geht wieder in die Küche. Jetzt kommt vermutlich der richtige Augenblick. Ein weiteres Paar wartet ebenfalls darauf, die Hotelrechnung begleichen zu können. Doch als sie wieder im Speisesaal erscheint, hat sie einen Teller Nudeln dabei. Gemütlich setzt sie sich an einen freien Tisch und beginnt zu essen. Aha. Also ist weiterhin warten angesagt.

Schliesslich kommt das Kommando: «Sie können jetzt mit zur Reception kommen.» Endlich. Im Gänsemarsch tippeln wir hinter ihr her zur Reception. Dieser rückwärtig angeschlossen ist ein Büro mit gläsernen Wänden. Ein Riesenchaos herrscht dort drin. Unglaublich, dass die Frau sich darin zurechtfindet und einen Hotelbetrieb führen kann! Und: Es ist kein PC vorhanden. Kein Wunder also, habe ich keine Antwort auf meine Mailanfrage bekommen. Das Mailformular endete vermutlich irgendwo im Nirgendwo.

Sie schreibt auf einem Quittungsblock 70 Euro für das Zimmer und 22 Euro für die Halbpension auf. Macht zusammen 92 Euro. Stolzer Preis für solch einen Stall. Die Eintagsfliege schiebt 92 Euro über den Tresen und macht, dass sie ins Bett kommt. Schliesslich brauchen auch Eintagsfliegen Schlaf, damit sie den zweiten Tag noch erleben ...

Die Nacht wird nicht eben toll. Das Duvet ist steinschwer. Es lastet wie ein Sack Kartoffeln auf mir und drückt mich in die harte Federkernmatratze hinein. Mitte Nacht werfe ich es definitiv fort, habe dann aber zu kalt, nur mit der Wolldecke. Ich decke mich zusätzlich mit meiner Jacke zu und denke beim Einschlafen, dass ich so für 92 Euro auch noch nie genächtigt habe ...

Frühstück. Nur nicht zu früh hinuntergehen, sonst rastet sie aus, denke ich und tauche um 7.30 Uhr auf. Keine Minute zu früh, auch sie trifft erst ein (Frühstückszeit gemäss Barmann ist 7.00 Uhr). Die Küchenhilfe hat aber das Buffet bereits hergerichtet. Ich bestelle Schwarztee bei der Chefin, als sie mich fragen kommt. «Eine Portion?» Ich nicke. Was denn sonst? Sie kommt zurück mit einem Kännchen Tee. Ich esse das Müsli fertig und gucke dann mal ins Kännchen um festzustellen, ob der Tee schon genug gezogen hat. Super, sie hat den Teebeutel gar nicht aus der Verpackung ausgepackt. Der ganze Beutel inklusive Hülle schwimmt im durchsichtigen Teewasser rum.

Ich verlasse fluchtartig die Gaststätte und bin echt froh, wieder unterwegs zu sein. Ich reise viel, bin oft in Hotels, einfachen Gasthöfen und Berghütten einquartiert – und das in ganz Europa bis nach Afrika. Aber sowas ist mir sogar im tiefsten Afrika noch nie widerfahren ...

Die Drei Zinnen im Abendlicht (Dolomiten, Südtirol)

4

Ur-Grossmütter, der Kilimanjaro wartet auf Euch! Oder doch nicht?

Eines Tages klingelt das Telefon. Eine Frau, der Stimme nach zu urteilen im fortgeschrittenen Alter, meldet sich und fragt gleich nochmals nach: «Wer ist da?»

«Maag»

«Wie bitte?»

«Maag!»

«Hä?»

Ich versuche es mit Hochdeutsch, da die Frau ebenfalls Hochdeutsch spricht. «Mein Name ist Mirjam Maag.»

«Ach so.» Ihr Tonfall verrät jedoch, dass sie den Namen immer noch nicht verstanden hat.

«Ja, also, ich wollte Sie anrufen.» Doch, ja, das hat ja nun geklappt. Das hätten wir also schon mal besprochen.

«Ja, um was geht es denn?», hake ich nach.

«Ich habe gesehen, dass Sie da so Touren anbieten.»

Aha, wir kommen langsam zur Sache, denke ich und frage: «Ja, für welche interessieren Sie sich denn?»

«Ich habe gesehen, dass Sie im nächsten Jahr eine Besteigung des Kilimanjaro anbieten. Ist Ihnen das bewusst?»

Ich runzle die Stirne. Aus dem bisherigen Verlauf des Gespräches ist zu schliessen, dass es sich um eine eher komplizierte Person handeln könnte. Da werde ich immer besonders vorsichtig, denn eine einzige schwierige Person kann die ganze Wandergruppe nerven. Sowieso für die Kili-Tour muss es unbedingt gut harmonieren innerhalb der Gruppe. Leicht

21

belustigt, aber ohne mir etwas anmerken zu lassen, antworte ich: «Doch, ja, das ist mir bewusst.»

«Aha. Ich komme mit. Ich möchte da rauf.» Oha, die Frau geht aber gleich aufs Ganze. Und das, ohne Details wissen zu wollen? Dann fügt sie noch hinzu: «Ich bin 86 Jahre alt.» Ui, passt alles zusammen ...

Den Gedanken, ob es sich um ein Jux-Telefon handeln könnte, verwerfe ich wieder. Unwahrscheinlich. Aber wie sag' ichs nun meinem Kinde? Man kann ja nicht sagen: ‹Sie sind viel zu alt.› Also etwas höflicher formulieren. Hm.

«Der Kilimanjaro ist geeignet für Personen bis etwa 70jährig.»

«Aber letzthin hat doch auch ein 89jähriger den Kilimanjaro bestiegen. Es stand in der Zeitung!» Sie gibt nicht auf.

«Ja, aber der hat vermutlich sein ganzes Leben lang Höhenbergsteigen betrieben, das ist etwas völlig anderes.»

«Aha. Aber ich will es auch probieren.» Sie gibt wirklich nicht auf.

Ich merke, dass sie sich in dieses Unternehmen verbissen hat. Wie bringe ich sie bloss auf den Boden der Tatsachen zurück?

«Ich als Guide kann die Verantwortung für Sie nicht übernehmen, deshalb geht das nicht.»

«Wie bitte? Ich habe Sie nicht verstanden.» Ich wiederhole meine Antwort.

Daraufhin schreit sie ins Telefon: «Ich kann Sie nicht verstehen, Sie sind so weit weg!»

Will sie es nicht hören oder ist das Hörgerät defekt? Nochmals wiederhole ich die Antwort, diesmal lauter.

Es scheint geklappt zu haben, denn sie antwortet: «Ich übernehme die Verantwortung schon selber!» War zu befürchten, dass sie das sagt. Also, dann halt noch deutlicher.

«Wenn Sie eine geführte Tour bei mir buchen und mich dafür bezahlen, dann liegt die Verantwortung für Sie bei mir.»

«Nein, ich übernehme die Verantwortung selber.»

«Dies ist aber von Gesetzes wegen nicht möglich», antworte ich, die Wahrheit etwas strapazierend. Ich will mich jetzt nicht in Haftungsfragen ergehen.

«Aha», antwortet sie, merklich überrascht und konsterniert.

Nach einer kurzen Funkstille erzählt sie: «Ich habe gestern meinen Arzt gefragt, ob ich da teilnehmen soll. Er hat mir aber abgeraten.» Gott sei dank, denke ich.

«Ja, ich rate Ihnen auch ab. Die Erfolgsaussichten sind sehr gering und es gibt doch auch hier noch so viel Schönes und Interessantes, das Sie unternehmen können. Es ist doch super, dass Sie in Ihrem Alter noch so fit und unternehmungslustig sind. Geniessen Sie es!»

Richtig glücklich und zufrieden tönt ihre Stimme plötzlich, als sie konstatiert: «Ja, das mache ich!» Sie verabschiedet sich schnell und hängt auf.

Leicht überrascht über ihren rasanten Stimmungsumschwung hänge auch ich auf.

Obwohl ich laufend mit viel Schrägem, Unglaublichem und auch Ernstem von Seiten meiner Wandergäste konfrontiert werde, sind solche Anrufe nicht an der Tagesordnung. Natürlich dürfen alle anrufen und sich nach den Wanderungen erkundigen. Trotzdem seien in diesem Fall die Fragen erlaubt: Selbstüberschätzung? Den Bezug zur Realität verloren? Vollmond?

Ein normales, unverfängliches Telefongespräch kann in solchen Situationen rasch heikel werden. Denn es gilt zu bedenken, dass für viele Wanderer die körperliche Fitness mit zunehmendem Alter eine immer grössere Rolle spielt. Sie rückt ins Zentrum, alles dreht sich nur noch darum. Und: Manch einer verdrängt die Erkenntnis, dass es nicht mehr so locker geht wie früher.

Vor diesem Hintergrund gesehen, kann ein falsches Wort jemanden zutiefst treffen. Gedanken wie *also bin ich körperlich nicht mehr in der Lage für...* oder *nun ist es also so weit, ich darf nicht mehr mitgehen* sind die Folge. Dies kann im schlimmsten Fall sogar der Auslöser für eine Lebenskrise sein. Die Erkenntnis, dass der Körper nicht mehr mitmacht und dass deshalb ein Ziel nie mehr erreichbar sein wird, kann sehr belastend sein. Es kann beim Betroffenen sogar Fragen nach dem Sinn des Lebens aufwerfen. Heikle Momente also, die man – notabene unvorbereitet – möglichst feinfühlig bewältigen sollte ...

Wanderung entlang der Walliser Suonen

5

Deine innere Stimme

Der Berg ist immer stärker als Du.
Er zwingt Dir rücksichtslos seinen Willen auf
und nötigt Dich zur Demut.
Grauzonen gibt es nicht.
Deshalb beobachte, fühle und denke.
Deine innere Stimme wird Dir sagen,
welcher Weg der richtige ist.
Nicht nur in den Bergen,
sondern auch in Deinem Leben.

Alpinwandern am Klein Furkahorn, Furkapass

6

Alleingang

Wir sind eine Woche auf Weitwanderung unterwegs rund um die Texel-Gebirgsgruppe im italienischen Südtirol. Jeden Tag übernachten wir in einer anderen Unterkunft, bis wir eine Woche später wieder am Ausgangspunkt eintreffen werden.

Am sechsten Tag steht die Königsetappe auf dem Programm. Der Weg steigt mehr als 1'200 Höhenmeter an auf fast 3'000 Meter über Meer. Die Berghütte dort oben auf dem Eisjöchl ist unser Tagesziel. Es ist zwar bald Mitte Juli, doch nach einem schneereichen Winter liegt noch aussergewöhnlich viel Schnee in dieser Höhenlage. Es ist nicht sicher, ob wir diese Etappe wandernd zurücklegen können oder mit den Öffentlichen Verkehrsmitteln aussen rum fahren müssen.

Eine alleinstehende Frau, Jolanda, ist schon von Beginn der Wanderreise an als Sonderling und Eigenbrötler aufgefallen. Sie ist bei den anderen Gruppenmitgliedern deshalb nicht sehr beliebt. Die Nacht vor der Königsetappe verbringen wir erstmals im Hotel, nachdem wir vorher in Mehrbettzimmern genächtigt hatten. Da niemand mit Jolanda ins Doppelzimmer möchte, teilen wir beide ein Zimmer.

Vor dem Abendessen hole ich nochmals genaue Erkundigungen über die Verhältnisse vor Ort und die Wetterprognosen ein, um die Gäste anschliessend informieren zu können, wie der morgige Tag ablaufen wird. Wettermässig haben wir Glück: Es ist zwar auf morgen eine Wetterverschlechterung angesagt, aber diese sollte gemäss Prognose erst eintreffen, wenn wir bereits auf dem Eisjöchl angekommen sind.

Kritischer wird es, wenn sie doch früher kommt, was hier im Gebirge durchaus sein kann. Denn es liegt in der Höhe noch eine durchgehende Schneedecke, die Wegmarkierungen werden wohl kaum sichtbar sein. Wenn nun wegen der hereinziehenden Front die Sichtverhältnisse schlecht werden, kann dies innert Minuten sehr heikel werden. Die Orientierung ist dann nur noch mit der entsprechenden Ausrüstung und Erfahrung möglich. Zudem müssen wir damit rechnen, dass das Fortkommen im weichen Altschnee sehr anstrengend sein wird. Viele unkalkulierbare Faktoren also, die uns unterwegs zur Umkehr zwingen könnten. Deshalb wollen wir auch gleich nach dem Frühstück, das im Hotel ab 8.00 Uhr serviert wird, losgehen. So haben wir genügend Reservezeit, falls wir unterwegs umkehren müssten, sollten aber auch vor der eintreffenden Wetterfront in der Hütte sein.

Am nächsten Morgen weckt mich Jolanda schon vor 6.00 Uhr. Aus dem Tiefschlaf gerissen, realisiere ich erst nicht, was gerade abgeht. Mit noch kleinen Äuglein sehe ich, dass sie vollständig angezogen an meinem Bett steht. Sogar die Bergschuhe hat sie an und den Rucksack geschultert. Hä? Frühstück ist doch erst in zwei Stunden?

«Tschau, ich gehe jetzt», informiert sie mich. Ich nehme an, sie meint das Frühstück. Immer noch im Halbschlaf antworte ich: «Wir können aber erst um 8.00 frühstücken.»

«Ich komme nicht zum Frühstück, sondern ich starte jetzt zur heutigen Etappe.» Schlagartig bin ich hellwach. Ausgerechnet auf dieser schwierigen Etappe, die wegen der Verhältnisse ein hohes Risiko birgt, will sie allein gehen?

«Du, das finde ich aber nicht gut. Komm doch mit uns. Wir wissen nicht, was wir unterwegs antreffen werden, und es braucht heute viel Erfahrung und die nötige Ausrüstung», versuche ich, an ihre Vernunft zu appellieren. Denn sie hat ja weder Karte noch Kompass dabei, keine Bergerfahrung, geschweige denn gefrühstückt!

«Nein, ich gehe jetzt.»

«Aber wieso denn, ich verstehe das nicht!»

«Ich will vor dem Regen oben sein und nicht nass werden.»

Das kann nicht der wahre Grund sein, denke ich. Denn wenn die Wetterprognosen, die ich den Gästen detailliert geschildert habe, so eintreffen, werden wir sicher nicht verregnet. Ich ahne, dass sie vielmehr ihren schlechten Gesundheitszustand vor uns verheimlichen will. Denn sie keucht bei der kleinsten Steigung extrem. Und dies notabene beim sehr gemütlichen Tempo, das wir immer laufen. Auf unsere besorgten Fragen erwiderte sie immer, dass das ganz normal sei bei ihr. Nun sind heute über 1'200 Höhenmeter zu bewältigen, davor hat sie vermutlich Angst. Doch gerade ihre nicht einwandfreie Gesundheit wäre ein weiterer Grund, den Aufstieg gemütlich mit der Gruppe anzugehen. Ich möchte es noch ein letztes Mal versuchen, denn die Konstellation für einen Alleingang ist wirklich denkbar schlecht.

«Ich fände es besser, wenn Du mit uns kommst. Wir wissen ja nicht einmal, ob wir bis zur Hütte kommen und unterwegs könnte es Probleme mit der Wegfindung geben. Ich kann die Verantwortung für Dich nicht übernehmen, wenn Du nicht mit der Gruppe läufst.»

«Ich gehe jetzt und übernehme die Verantwortung schon selber», antwortet sie. Nun gut, aber das muss ich schriftlich haben, was ich ihr auch mitteile. In diesem Fall muss ich mich rechtlich absichern. An ihrem Alleingang hindern kann ich sie nicht; sie ist eine erwachsene Person. Ich stehe seufzend auf, suche ein leeres Stück Papier und schreibe die entsprechenden Zeilen auf. Meine Güte, vor einigen Minuten war ich noch tief und fest am Schlafen, geht mir durch den Kopf. Irgendwie kommt mir das alles ziemlich surreal vor.

Während ich mit dem Schreiben beschäftigt bin, geht sie noch zur Toilette. Schliesslich kommt sie zurück, leistet die nötige Unterschrift und verlässt das Zimmer. Als die Türe hinter ihr ins Schloss fällt, gehe ich zuerst zurück ins Bett. Doch an Schlaf ist natürlich nicht mehr zu denken. Ich beschliesse, definitiv aufzustehen und gehe ebenfalls zur Toilette. Und entdecke am metallenen Deckel der WC-Papierrollen-Halterung braune Krümel, die sich beim näheren Hinschauen als Kot herausstellen. Versehentlich können diese nicht dorthin gelangt sein, das war Absicht. Und sie war vorhin auf der Toilette.

Ächz, das ist ein Morgen ... Ich mache vor dem Frühstück einen Dorfspaziergang, um mein inneres Gleichgewicht wieder zu finden. Denn die anderen Wandergäste haben ein Recht auf eine motivierte Wanderleiterin in Topform, sowieso auf der heutigen anspruchsvollen Etappe. Natürlich fragen die anderen Wanderer beim Frühstück, wo Jolanda sei. Da unsere gemeinsame Wanderung noch zwei Tage weitergehen wird, bin ich zurückhaltend mit Informationen, versuche, den Ball flach zu halten. Mein oberstes Ziel ist immer eine harmonische Gruppenkonstellation. Aber die Tatsache, dass sie alleine losgezogen ist, kann ich nicht verschweigen, und ihr Verhalten stösst bei den Wanderern auf absolutes Unverständnis.

Wir können die Etappe wie vorgesehen absolvieren. Der Wegverlauf ist trotz dem vielen Schnee einigermassen zu erkennen, und just als wir die Hütte betreten, fällt der erste Tropfen. Jolanda sitzt in der Hüttenstube und verhält sich den Rest des Tages, als sei nichts gewesen.

Die letzte Übernachtung findet wieder in einem Hotel statt, ich habe Doppelzimmer gebucht. Klar, dass ich wieder mit Jolanda ins Zimmer müsste. Doch ich bin bereit, zwei Einzelzimmer-Aufschläge aus der eigenen Tasche zu bezahlen, wenn ich nicht mit ihr Zimmer und WC teilen muss. Leider ist aber das Hotel ausgebucht, es sind keine Zimmer mehr frei. Ich habe keine Wahl. Unser Bett entpuppt sich zu allem Übel auch noch als französisches Doppelbett mit einer einzigen Matratze. Ich beisse die Zähne zusammen und unterdrücke meinen Ekel.

Noch 100 Meter, die Gondelbahn-Bergstation ist schon in Sicht! Hier sind wir vor acht Tagen losgelaufen, sie markiert also das Ziel unserer Umrundung. Alle sind stolz auf die vollbrachte Leistung. Plötzlich stolpert Jolanda und fällt der Länge nach hin. Ohne mich um die schadenfroh grinsenden Wanderer rundherum zu kümmern, schaue ich, ob alles in Ordnung ist. Glück gehabt, nichts verstaucht oder gebrochen. Aber einige Schrammen und vor allem viel Schmutz an den Kleidern hat sie abbekommen. Ich verkneife mir sämtliche Emotionen. Denn ich bin sicher, dass sie ihre Lehren aus dieser Wanderwoche gezogen hat.

Doch weit gefehlt. Einige Tage später erreicht mich ein Mail von ihr. Sie möchte die Details weiterer Wanderungen des aktuellen Wanderjahres wissen, weil sie vorhat, daran teilzunehmen ...

7

Grosses Herz

Es gibt aber auch schöne Erlebnisse: Mengia Spreiter, ehemalige Gemeindepräsidentin von Castasegna im Bergell, ist anlässlich unserer Bergeller Herbstwandertage die Führerin auf dem dortigen Kastanien-Lehrpfad. Ich habe die Führung als Auflockerung zwischendurch für unsere Wandergruppe gebucht. Mengia Spreiter entpuppt sich als profunde Kennerin der Kastanie und deren Verarbeitung. Auch zum pittoresken Kastanien-Dorf Castasegna weiss sie viel Interessantes zu erzählen. Mit grossem Engagement widmet sie sich dem Erhalt der Kastanien-Selven und den Traditionen rund um Anbau und Verarbeitung. Sie zeigt uns sogar die familieneigene Trocknungshütte, wo gerade die diesjährige Ernte über dem schwelenden Feuer getrocknet wird.

Was gibt es Schöneres, als einige Kastanien zu sammeln und mit nach Hause zu nehmen? Doch ich habe die Wandergruppe bereits zum Voraus darauf vorbereitet, dass im gesamten Bergell das Auflesen von Kastanien streng verboten ist. Ich befürchte dennoch, dass der eine oder andere sich ab und zu bücken wird. Mit Mengia Spreiter habe ich dieses Problem im Vorfeld besprochen, und sie erzählte etwas von einer kleinen Wiese, wo das Sammeln ausdrücklich erlaubt sei. Ich bitte sie, diese Wiese in die Führung mit einzubeziehen, damit die Wanderer ihrer Sammelleidenschaft wenigstens teilweise frönen können. Leider scheint dieses Landstück nicht an unserem Weg zu liegen, jedenfalls gibts keine Sammelpause.

Sehr überrascht sind wir dann alle, als sie uns am Ende der

Führung zu ihrem Gartensitzplatz geleitet und dort jedem Wanderer einen vorbereiteten Sack Kastanien als Geschenk überreicht. Eine schöne Geste, zumal die Führung nicht übermässig teuer war. Beim Abschied schenkt sie mir sogar noch einen grossformatigen, gebundenen Hochglanz-Bildband mit vielen Texten rund um die Kastanie und Castasegna, den sie selbst konzipiert hat.

Eine Frau mit einem grossen Herzen, die uns alle nachhaltig beeindruckt hat.

8

Schnell wie der Wind

7. August 1999. Ein wunderschöner Sommertag in den Flumserbergen neigt sich langsam dem Ende zu. Der Sonnenuntergang verspricht besonders farbenprächtig zu werden. Ich möchte ihn auf einem Bänkli bei der Alpweide der Molseralp mitverfolgen. Diese Bank ist ein Geheimtipp für Romantiker: Der Blick reicht von den Churfirsten über den Walensee bis hin zum Mürtschenstock. In der Ferne glitzert der Zürichsee. Und um die Bank herum, zum Greifen nahe, weiden die Kühe der Alp. Ihre Glocken untermalen den Sonnenuntergang musikalisch.

Einige Meter von der Bank entfernt auf der Wiese sitzt ein Mann auf einer gelben Wolldecke, hinter sich in einem Weidenkorb die Überreste eines Picknicks. Er schaut sich immer wieder um, vermutlich wartet er auf jemanden. Ich studiere gerade, was die Zucchetti in seinem Picknickkorb verloren hat, da kommt seine Frau mit dem neunjährigen Sohn. Die Mutter setzt sich zu ihm auf die Wolldecke, der Bub mangels Platz zu mir auf die Bank.

Er mustert längere Zeit meine alte Jacke mit den eingestickten Reitsportabzeichen am Ärmel und fragt schliesslich scheu: «Äh, reiten Sie?»

«Ja.»

«Rennen?»

«Nein, nur in der Freizeit.»

«Aha.»

Dann ist es längere Zeit still, er scheint zu überlegen. Ich beobachte die Sonne, die sich als orange Kugel langsam dem Horizont nähert.

Etwas mutiger fragt er dann: «Sie?»

«Mmh?»

«Wissen Sie, wenn ich gross bin, dann gehe ich nach Afrika und dort in den Wilden Westen!»

«Meinst Du nicht Amerika?»

«Äh, ja genau. Oh.» Betreten schaut er geradeaus.

In diesem Moment versinkt die Sonne glutrot hinter den Bergen.

Nach einigen Minuten wendet sich der Junge wieder mir zu und erklärt mit jugendlichem Eifer: «Wissen Sie, in Amerika kaufe ich dann ein Pferd und dann gehe ich zu den Indianern.»

«Aha.»

«Kennen Sie sich aus mit Pferden?»

«Ja. Ich reite seit 15 Jahren.»

«Oh.»

Er schaut mich fasziniert und mit grossen Augen an. Seine Eltern packen zusammen. Ich betrachte die Churfirsten, deren Flanken nun zu brennen scheinen. Der ganze Himmel ist feuerrot und haucht einen rötlichen Schimmer auf unsere Gesichter.

«Was meinen Sie, was für ein Pferd soll ich dann kaufen?»

«Einen Mustang, einen schön gefleckten, die lieben die Indianer.»

«Ist der auch schnell?»

Aha, denke ich, deshalb also zu Beginn unseres Gespräches die Frage, ob ich Rennen reite. Die Schnelligkeit scheint ihm sehr wichtig zu sein. Ich antworte, dass Mustangs nicht die schnellsten Pferde seien.

«Welches sind die schnellsten Pferde auf der Welt?»

Seine Augen hängen an meinen Lippen. Das Thema fesselt ihn offensichtlich.

«Araber. Die Beduinen in der Wüste sagen, ihre Pferde seien so schnell wie der Wind.»

«So schnell wie der Wind», wiederholt er völlig fasziniert und murmelt noch einige Male vor sich hin: «So schnell wie der Wind.»

Seine Eltern verabschieden sich von mir und rufen den Jungen zu sich. Schnell fragt er mich noch: «Gibt es denn die Araber auch in Amerika zu kaufen?»

«Ja ja.»

Wieselflink steht er auf, spurtet den Eltern hinterher und ruft über die Schulter zurück: «Danke für den Tipp!»

Ich grinse und denke an meine eigenen Jugendträume zurück. Plötzlich macht er nochmals kehrt und rennt zu mir zurück.

«Wie viel kostet ein richtig schneller Araber?» fragt er atemlos und mit verschwörerischer Miene.

«Ein guter? Etwa 20'000», antworte ich.

Dem Jungen klappt der Kiefer runter.

«Woahh!», ruft er und aus seinen Augen spricht die pure Enttäuschung. 20'000, denkt er. Wie in aller Welt komme ich jemals zu so viel Geld?

«Es gibt auch welche für 8'000 Franken, aber die sind vielleicht nicht ganz so schnell», höre ich mich sagen, um seine Enttäuschung etwas zu lindern. Und tatsächlich strahlt er wieder, das tönt doch schon viel besser! Sein Blick wandert zwischen mir und seinen Eltern hin und her. Zeit für eine letzte Frage bleibt gerade noch.

«Waren Sie schon mal im Wilden Westen?»

«Ja.»

«Gibt es da auch Berge so wie hier?», fragt er und deutet auf die Churfirsten.

«Ja, so wie hier, aber sie sind nicht grau, sondern hellbraun.»

«Aha. Danke vielmals!», sagt er und rennt wieder davon, seinen Eltern nach, die bereits hinter dem Hügel verschwunden sind.

Ruhe kehrt ein. Die Dämmerung breitet ihre Decke über die Landschaft aus. Beim Alpkreuz auf dem Hügel ruft der Senn den Alpsegen. Der leise Wind trägt verzerrte Fetzen des ‹Ave Maria› herüber. Ich mache mich auf den Heimweg.

Abenddämmerung über Walensee und Zürichsee

9

Eine ganz besondere Nacht

Sicher haben auch Sie schon einmal in einem Massenlager übernachtet. Sei es im Militär, in der Pfadi oder bei sonst einer Gelegenheit. Sie glauben also zu wissen, was in dieser wahren Kurzgeschichte auf Sie zukommt?

Juli 1999. Ich melde mich einige Tage vor meinem beabsichtigten Ausflug ordnungsgemäss bei der Hüttenwartin für eine Übernachtung in der Spitzmeilenhütte Flumserberg an. An einem sonnigen Freitagnachmittag mache ich mich dann über viele Restschneefelder auf den Weg zu dieser schön gelegenen SAC-Hütte.

Als ich eintreffe, begrüsst mich die Hüttenwartin herzlich, wir kennen uns von meinen früheren Besuchen. Eine Stunde plaudern wir gemütlich zusammen auf der sonnenbeschienenen Terrasse vor der Hütte, den markanten Gipfel des Spitzmeilen in greifbarer Nähe. Im Verlaufe des Gespräches bietet mir die Hüttenwartin an, dass ich im oberen der beiden je etwa 25 Schlafplätze umfassenden Massenlager übernachten könne, alle anderen Gäste werde sie unten einquartieren. Ich bin ihr natürlich dankbar, denn auch ich habe die diversen Schnarchereien schon in allen Facetten und Lautstärken erlebt.

Leider gibt es wenig später eine Programmänderung, als eine Familie unangemeldet eintrifft und hier die Nacht verbringen will. Mit ihr hat die Hüttenwartin nicht gerechnet. Unten wird es deshalb spätestens dann zu eng, wenn die letzten drei Gäste eintreffen. Diese werden für 20.30 Uhr erwartet. Die Familie quartiert sich unten ein, und die Hüttenwartin teilt mir bedauernd mit, dass also die drei Spätankommenden zu mir hinauf kommen werden. Na ja, kein Problem. Wäre ja auch zu schön gewesen.

Tatsächlich sind wir um 20.30 Uhr dann komplett. Bei den drei Personen, die bei mir oben schlafen werden, handelt es sich um zwei Schweizer Männer und um eine hochdeutsch sprechende Frau, die Freundin des einen. Meine Vermutung, dass die drei bis zur Nachtruhe um 22.00 Uhr noch nicht fertig gefuttert haben werden, bestätigt sich. Ganz allein liege ich dort und befürchte, dass das Tohuwabohu losgehen wird, sobald ich eingeschlafen bin.

Genau ein solches weckt mich um 23.30 Uhr, wie ein Blick auf die Leuchtziffern meiner Armbanduhr zeigt. Ich habs doch geahnt. Interessanterweise verhalten sich die beiden Männer sehr ruhig und diszipliniert, doch die Frau macht einen Riesenkrach. Schnell merke ich, dass sie ziemlich alkoholisiert ist. Sie fuchtelt mit der Taschenlampe im stockdunklen Zimmer herum, findet den Lichtkegel auf den Holzwänden Zitat: «irrelustig» und flüstert ständig mit ihren beiden Kollegen. Schliesslich sagt sie selber, dass sie anscheinend ein ziemliches Gegacker vollführe. Ich hoffe, dass es jetzt Ruhe gibt. Doch mit zunehmendem Alkoholkonsum nimmt ja bekanntlich auch die Rücksichtslosigkeit zu. Nach weiteren – langen – zehn Minuten läuft sie langsam aber sicher zur Hochform auf und fängt an, mit der flachen Hand auf die Matratzen zu schlagen.

Jetzt reichts, denke ich, und rufe laut: «Herrgott, es ist kurz vor Mitternacht, gibts eigentlich auch mal Ruhe hier?» Das wirkt schlagartig. Die Taschenlampe wird abgelöscht und die Gackerei hört auf. Doch zehn Minuten später fängt einer der

Männer ohrenbetäubend an zu schnarchen. Wie habe ich das nur verdient?

Es muss gegen 1.30 Uhr sein, als ich irgendwie vor lauter Müdigkeit einschlafe. Doch kurze Zeit später wache ich wieder auf und sehe eine Gestalt auf den Gang hinausstolpern. Ohne Brille sehe ich bei der herrschenden Dunkelheit nicht viel. Die Gestalt tappt etwa fünf Schritte Richtung Ausgang, bleibt dann aber stehen. Jetzt bin ich hellwach. Was geht hier vor? Die ganze Nacht durch hören wir das laute Rauschen des benachbarten Baches, der noch Schmelzwasser führt. Doch das Plätschern, das ich nun vernehme, stammt nicht von dort, sondern kommt eindeutig direkt vom Unbekannten. Ich stutze. Das darf doch nicht wahr sein, die Toiletten befinden sich im Untergeschoss der Hütte! Ich stütze mich auf die Ellenbogen, um besser sehen zu können, doch die Gestalt ist hinter einer Ecke und meine Brille liegt, da ich fünf Matratzen miteinander belegt habe, ausser Griffweite. Ich hätte mich verraten, wenn ich danach gesucht hätte. Mist, ich kann wirklich absolut nichts sehen. Der Unbekannte kommt nun zurück, es liegt auf der Hand, was er – oder sie – im Gang vorne gemacht hat. Ich glaube, erkennen zu können, dass die Gestalt ein helles T-Shirt trägt und vermutlich in der Mitte der drei Personen schläft, doch sicher bin ich mir nicht.

Ich überlege, was am nächsten Morgen zu tun sei. Jedenfalls will ich zuerst mal nachschauen, ob es irgendwo nass ist. Und dann? Beim Frühstück einen entsprechenden Kommentar in die Runde werfen (mit Blick zu den Dreien). So etwa: «Die Toilette befindet sich übrigens im Untergeschoss, nur so wegen der nächsten Nacht», oder: «so etwas macht man im Fall normalerweise auf der Toilette», oder: «Zivilisierte Menschen benutzen eigentlich die Toilette.» Ha, das wird lustig. Ich freue mich auf den nächsten Morgen. Sogar die Schnarcherei ist mir jetzt egal, obwohl jede Minute zu einem besonders tiefen, langen und lauten Schnarch ausgeholt wird.

Um 6.45 Uhr werde ich wach. Gegenüber schläft noch alles tief, der Schnarcher sägt unbeirrt die Hütte entzwei. Ich beschliesse aufzustehen, denn ab 7.00 Uhr gibts Frühstück. Ich ziehe mich an, räume aber noch nichts zusammen, um die anderen nicht zu wecken, und trete auf den Gang hinaus. Die Spurensuche könnte einfacher nicht sein: Mitten auf dem Gang treffe ich doch tatsächlich auf einen kleinen See! Die Bodenbretter und die Fugen sind vermutlich versiegelt, sodass nichts hat versickern können. Ich steige vorsichtig darüber und gehe hinunter in den Essraum. Hüttenwart und Hütten-wartin sind in der Küche. Ich lehne gegen den Türrahmen, sage ihnen guten Morgen und frage, ob sie den über Nacht entstandenen See schon gesehen hätten. Beide schauen mich verständnislos an und ich beschreibe die Ereignisse der ver-gangenen Nacht. Ihren entsetzten und ungläubigen Mienen nach zu urteilen muss so etwas noch nicht allzu oft passiert sein. Die Hüttenwartin beschliesst nachzusehen, zumal sie den Auftrag hat, die drei um 7.00 Uhr zu wecken.

Sie kommt zurück und schüttelt verständnislos den Kopf. Sie erzählt, dass sie die drei zur Rede gestellt, aber keiner etwas zugegeben habe. Für uns ist jedoch klar, dass es die Frau gewesen sein muss, denn sie schlief in der Mitte und trug ein weisses T-Shirt. Anatomisch gesehen kam dem Plätschern nach zu schliessen nur eine Frau in Frage. Sie bringe nun Eimer und Schrubber hoch, denn die Frau habe sich freiwillig bereit erklärt zu putzen. Schlechtes Gewissen?

Die beiden Männer sind inzwischen ebenfalls beim Früh-stück. Die Hüttenwartin erzählt mir, sie habe den einen Mann, den sie schon länger kennt, gefragt, ob die Frau das zu Hause auch mache. Und er habe geantwortet: «Nein, zu Hause macht sie nicht in die Wohnung.» Aha, also doch stubenrein. Wir lachen beide, und die Holländer, die alle leidlich Deutsch sprechen, wollen mehr über die nächtlichen Vorkommnisse wissen. Ich gebe ihnen natürlich gerne Auskunft, zumal sie ja noch – wie die anderen drei – eine weitere Nacht bleiben. Schliesslich müssen sie mental darauf vorbereitet werden. Und mit der Lautstärke spare ich auch nicht, damit auch die Familie am Nachbartisch alles live mitbekommt.

Als ich mich wenig später umdrehe, sind die beiden Männer verschwunden. Sie schämen sich und haben ihr Frühstück nach draussen verlegt (aktuelle Temperatur bei leichter Bise: 10°). Die Frau sitzt nun bei ihnen draussen. Kopfschüttelnd packe ich meine Siebensachen zusammen und mache mich auf den Weg, um ein Erlebnis reicher ...

Abendglühen

Feuerrot leuchten die schroffen Gipfel.
Das wettergegerbte Holz der Alphütte glüht.
Ganz grosses Kino.
Und ich ganz klein. Mittendrin.
DAS ist Magie. Oder doch eine überirdische Macht?

Unmerklich nimmt die Nacht Besitz
von den brennenden Bergen,
löscht ihre Flanken.
Unaufhaltsam und endgültig.
Kälte kriecht hoch.
In den Bergen gibt es keine Konstanten.

Abendrot über dem Mont Blanc - Massiv

Top of Kilimanjaro – mit einer zusätzlichen Dimension

Nennen wir ihn Andreas. Der damals 60jährige hat sich auf eine Kilimanjaro-Besteigung mit anschliessenden drei Safaritagen angemeldet. Beim Vorbereitungstreffen einige Monate vor der Abreise verhält er sich sehr ruhig und unauffällig, ja schon fast verschlossen und schreibt sich alle Infos akribisch genau auf. Er fällt ein bisschen aus dem Rahmen, da er mit Aktenkoffer und business-like gekleidet erscheint. Doch er war beruflich als Manager rund um den Erdball unterwegs, spricht perfekt englisch und wurde soeben erst frühpensioniert. Vielleicht trauert er der Geschäftswelt noch etwas nach. Viel wichtiger ist, dass er auf meine Frage hin einen einwandfreien gesundheitlichen Zustand attestiert, wie auch die anderen fünf Teilnehmer des Trekkings.

Es kann also losgehen. Wir treffen uns auf dem Flughafen Zürich-Kloten im Terminal 2 um 5.25 Uhr. Alle sind trotz früher Stunde pünktlich da, ausser Andreas. Wir checken schon mal ein, doch Andreas taucht nicht auf. Die Zeit wird langsam knapp; ich rufe ihn auf seinem Handy an und erreiche ihn zum Glück sofort. Er warte im Terminal 1, meint er ganz cool. Na prima, ich habe den Treffpunkt im Terminal 2 doch allen mehrmals in schriftlicher Form mitgeteilt. Er solle schnellstens ins 2 kommen, dränge ich, denn die Checkin-Schalter schliessen bereits. Kurz darauf trifft er ein, wir gehen sofort an einen Schalter und können noch einchecken. Er ist verwirrt und will sein Handgepäck aufgeben, den riesigen Seesack aber unbedingt mit sich in die Kabine nehmen. Mit vereinten Kräften können ich und die Frau am Schalter ihn davon abbringen. Alles hat auf den letzten Drücker geklappt.

Während des langen Fluges nach Tansania zum Kilimanjaro Airport holt er eine Schweizer Auto-Parkscheibe für die Blaue Zone hervor und zeigt sie herum. «Ich habe sie dann dabei, falls wir sie dort brauchen», ist sein Kommentar dazu. Die Teilnehmer lachen. Sie denken, er habe einen Witz machen wollen. Ich sitze einige Reihen weiter vorne und habe dieses kleine Intermezzo nicht mitbekommen.

Den folgenden Tag verbringen wir im Hotel. Akklimatisation und Ausruhen sind angesagt, bevor dann am nächsten Tag die insgesamt siebentägige Besteigung startet. Beim Frühstück informiere ich die Gäste, was heute unbedingt erledigt werden muss. Nebst dem Packen der Reisetasche für das Trekking (die übrigen Kleider bleiben in einer anderen Reisetasche im Hotel) soll sich jeder im Hotelrestaurant zwei 1,5-Liter-Flaschen Mineralwasser beschaffen. Denn morgen, am ersten Trekkingtag, werden wir erst am Abend im Camp Trinkwasser bekommen. Wegen der besseren Höhenakklimatisation sollten wir aber bereits tagsüber viel trinken. Deshalb müssen diese Flaschen in den Rucksack für unterwegs. Da der Transferbus morgen sehr früh abfahren wird, bleibt dann keine Zeit mehr, Getränke zu kaufen.

Mittagessen. Andreas hat keinen Hunger, wir fragen nach dem Grund. Sein Bauch sei voll, was auch kein Wunder sei nach den drei Litern Wasser, meint er. Also hat er die eigentlich erst für morgen gedachten Wasserflaschen in den letzten Stunden alle ausgetrunken! Habe ich mich so ungenau ausgedrückt?

Am nächsten Morgen kommen die Träger und Guides unserer Expeditions-Crew zum Hotel. Das gesamte Gepäck für das Trekking wird gewogen und auf die Träger verteilt. Andreas steht mit zwei grossen Reisetaschen da. Auf meine Frage, welche von beiden mit auf den Kili soll, meint er, dass er beide brauche. In beiden habe er einige Sachen für die Besteigung, keine könne im Hotel bleiben. Super, also hat auch das nicht geklappt. Habe ich mich nicht präzise ausgedrückt oder ist er begriffsstutzig? Wir haben keine Zeit mehr, umzupacken. Ich miete einen weiteren Träger für das Zusatzgepäck. Andreas, der ein Einzelzelt auf dem Trekking hat, wird wohl oder übel neben zwei grossen Reisetaschen schlafen müssen.

Vor dem Verladen werden wir alle eindringlich daran erinnert, den Pass direkt auf uns zu tragen und nicht in der Reisetasche zu verstauen. Denn die Taschen werden nun auf dem Dach des Transferbusses zu einem kunstvollen Berg verschnürt. Wir aber werden am Eingang zum Kilimanjaro-Nationalpark, dem sogenannten Gate, unsere Pässe vorweisen müssen, da dieser nur mit Genehmigung betreten werden darf. Sie ahnen es: Am Gate weisen alle ihre Pässe vor, ausser Andreas, der seinen Pass in der gut verschnürten Bagage auf dem Dach des Busses hat. Alles muss runter vom Dach, bis er ihn aus seiner Reisetasche herausklauben kann. Was mir ebenfalls auffällt, ist seine Kleidung. Sie ist vom Feinsten: Goretex-Dreilagen-Jacke, Softshell-Jacke darunter, an den Beinen eine Trekkinghose und darüber eine gute Regenhose. Sogar Handschuhe trägt er. Aber: Wir befinden uns in der Regenwaldzone, es ist tropisch feuchtheiss um die 30°. Nichts desto trotz scheint er nicht zu schwitzen und hat auch körperlich absolut keine Defizite. Er hält sich seinem Charakter entsprechend immer sehr ruhig im Hintergrund auf.

Tag um Tag wandern wir nun höher, der schneebedeckten Gipfelhaube entgegen. Es wird kühler, in der Nacht schon richtig kalt. Ich bemerke, dass Andreas immer das gleiche Gewand trägt. Morgens, mittags, abends. Auf der vierten Etappe hat er seine Turnschuhe aussen am Tagesrucksack hängen. Da wir unterwegs nur mit Bergschuhen wandern und die Turnschuhe somit erst wieder am Abend brauchen, müsste er diese nicht extra mittragen. Doch sie stinken verdächtig und ich bemerke beim näheren Hinsehen, dass er damit wohl in einen menschlichen Dreck gestanden ist. Aha. Kein Wunder, will er sie nicht ins grosse Gepäck hineintun, das jeweils von den Trägern transportiert wird. Da Wasser in dieser Höhe knapp und kostbar ist, kann er sie nicht säubern. Doch mir fällt auch auf, dass ich ihn noch nie unser Toilettenzelt mit der chemischen Toilette drin habe aufsuchen sehen. Aber auf den Camp-Grounds, wo wir jeweils unser Zeltlager aufschlagen, gibt es ebenfalls fixe Toiletten, wenn auch enorm stinkende der Marke ‹Donnerbalken›. Hoffentlich macht er wenigstens vom warmen Waschwasser Gebrauch, das wir immer morgens und abends direkt ans Zelt gereicht bekommen.

Unser Camp-Manager, der jeweils mit seinem Team unsere Zelte auf- und abbaut, wendet sich mit einer Reklamation an mich, unterstützt vom einheimischen Lead-Guide. Seine Leute würden jetzt dann meutern und mehr Lohn fordern: Das Zelt von Andreas sei immer sehr schmutzig drinnen und sie müssten es vor dem Abbrechen jeweils zuerst gründlich reinigen, was einen grossen Mehraufwand erfordere. Ich verspreche, Andreas zu sagen, dass er seine Schuhe vor dem Zelt ausziehen solle.

Ich kann mir keinen Reim auf das Ganze machen, denn sonst fällt er überhaupt nicht auf. Er isst und trinkt genügend, hat keine körperlichen Beschwerden und ist topfit. Nun, es

46

gibt verschiedene Erdenbürger und schliesslich hat er für dieses Trekking bezahlt wie die anderen Teilnehmer auch. Er hat Anrecht auf Betreuung und ich will ihm auch nicht zu nahe treten, solange keine Gefahr besteht.

Letzter Nachmittag vor dem Gipfeltag. Unser Lager haben wir auf einem Camp-Ground auf 4'600 Metern über Meer aufgeschlagen. Gleich nach der Ankunft besammle ich die Gäste im Esszelt. Einerseits, um etwas Kleines zu essen und zu trinken (in dieser Höhe hat man kaum mehr Appetit und man muss sich ständig überwinden, etwas zu essen). Und andererseits, um die Teilnehmer über die Vorbereitungen bis zum Start und den Ablauf des morgigen Gipfeltages informieren zu können. Kleine Fehler können den Gipfel kosten, es ist sehr wichtig, dass nun alles wirklich glatt läuft und die Zeiten eingehalten werden.

Um die restlichen 1'300 Höhenmeter bis auf den Gipfel gemütlich angehen zu können, wird um Mitternacht gestartet. Deshalb werden wir ein frühes Nachtessen um 18.00 Uhr einnehmen und dann noch einen leichten Imbiss kurz vor Mitternacht. Davor und dazwischen wird geruht. Ebenfalls wichtig ist das Bereitmachen des Rucksacks. Bloss kein Gramm zu viel mit auf den Gipfel schleppen; aber auch keine wichtigen Sachen vergessen! Detailliert besprechen wir, was rein muss und was nicht. Andreas schreibt sich – wie immer – alles fein säuberlich auf und zwar wortwörtlich so, wie ich es sage. Ich anerbiete mich, bis 17.00 Uhr noch für Fragen zur Verfügung zu stehen. Danach will ich mich auch noch eine Stunde aufs Ohr hauen bis zum Nachtessen. Auch mein Körper braucht Ruhe, obwohl ich bisher immer sehr gut mit der Höhe klargekommen bin.

18.00 Uhr, alle erscheinen zum Nachtessen. Andreas ebenfalls, doch er bittet mich, mit in sein Zelt zu kommen, da er noch Fragen zum Packen des Rucksackes habe. Na super, jetzt sollte eigentlich gegessen und dann geruht werden, das hätte er nun wirklich früher machen können. Und ich habe das deutlich gesagt. Langsam fange ich an, den Fehler nicht mehr bei mir respektive meiner Art der Kommunikation zu suchen, sondern bei ihm. Jedoch spricht nichts dagegen, ihn mit auf den Gipfel zu nehmen, denn er ist nach wie vor topfit, sehr trittsicher und zeigt auch sonst keinerlei Ausfälle. Der Fäkalgeruch im Zelt haut mich fast um. Super, diese dreckigen Turnschuhe hätte er am besten gleich weggeworfen. Seine Schlafmatte ist nicht aufgeblasen, der Schlafsack noch eingepackt in der Hülle. Hat er denn nicht geruht bis eben? Er versichert mir, dass er sich dann für die restlichen Stunden bis Mitternacht noch einrichten werde. Wir packen miteinander seinen Rucksack und gehen anschliessend zum Nachtessen.

Kurz vor 08.00 Uhr sind wir nach einem anstrengenden Aufstieg auf dem höchsten Punkt Afrikas angelangt. Ein unbeschreibliches Gefühl. Bei perfektem Wetter sehen wir unendlich weit über das Land. Die aufgehende Sonne taucht die Gletscher am Kilimanjaro-Kraterrand in goldenes Morgenlicht. Eine grossartige Szenerie. Lange bleiben wir nicht; die Kälte und die dünne Luft treiben uns wieder in tiefere Gefilde. Ausser mir sind noch der Lead- und zwei Second-Guides für die Begleitung der Gäste da. Jeder schnappt sich einen oder zwei der Gäste und wir machen uns leicht gestaffelt auf den Rückweg. Eine Stunde später, vor dem endgültigen Verlassen des Kraterrandes, sammeln wir uns am sogenannten Gilmans Point. Der einheimische, englisch sprechende Lead-Guide begleitet Andreas. Andreas will ihm soeben den Unterschied von Business- zu Economyclass in den Flugzeugen AUF DEUTSCH erklären (Andreas spricht perfekt englisch, unser Lead-Guide kein Deutsch wie wir alle wissen). Oh Gott, jetzt ist er völlig durchgedreht, denke ich und nehme den Lead-Guide zur Seite. Dieser erzählt mir, dass Andreas soeben unterwegs die Bergschuhe habe ausziehen wollen und er ihn ziemlich grob habe daran hindern müssen. Wir vereinbaren, dass ich mich bis zum Camp speziell um Andreas kümmern werde und er mit seinen Second-Guides den Rest der Gruppe führt, sollten sich beim Abstieg grössere Abstände ergeben.

Doch zuerst müssen wir uns noch gegen die Sonne wappnen, die nun schon hoch steht und auf über 5'000 Metern gefährlich stark strahlt. Sonnencrème wird eingeschmiert. Andreas findet seine Tube in seinem Rucksack nicht. Spontan gibt ihm eine Frau aus unserer Gruppe ihre Tube. Er cremt sich ein und steckt die Tube – in seinen Rucksack! Ich suche fragend den Blickkontakt zur Frau. Sie gibt Entwarnung – kein Problem. Es dauert keine 15 Sekunden, da nimmt er die Tube wieder raus und cremt sein Gesicht erneut ein. Dann versorgt er die Tube wieder in seinem Rucksack, nur um sie weitere 15 Sekunden später wiederum hervorzunehmen und sein mittlerweile völlig weisses Gesicht noch ein drittes Mal einzucremen. Ich sage ihm, dass es nun tiptop sei. Wir versorgen die Tube miteinander und beenden diese Aktion. Ich merke, dass man mit ihm nun am besten wie mit einem Kind spricht. Langsam, deutlich und in einfachen Worten, dann dringt man am besten zu ihm durch.

Wichtig ist nun noch die Sonnenbrille. Er kann sie jedoch einfach nicht finden. Da ich genau weiss, wo wir sie gestern miteinander in seinen Rucksack eingepackt haben, komme ich ihm zu Hilfe. Und staune: Der gesamte Rucksack und alle

Aussentaschen sind leer, nur die versifften Turnschuhe stecken im Hauptfach. Also muss er vor dem Abmarsch alles wieder aus- und dafür die Schuhe eingepackt haben!

Beim Runterlaufen zum Lager achte ich auf jeden seiner Schritte. Wie schon an den Tagen zuvor ist er sehr trittsicher und hat noch immer eine den Umständen entsprechend gute Kondition (wir werden an diesem Tag insgesamt 13 Stunden unterwegs sein). Ich mache mir beim Abstieg viele Gedanken zu dieser Situation. Es kann keine höhenbedingte Erkrankung sein, die Symptome sind völlig anders. Ich tippe eher auf einen Alzheimer-Anfall, was sich später bestätigen wird. Was ich zu diesem Zeitpunkt noch nicht wusste, aber ahnte: Er hatte bereits eine leichte Erkrankung, die er mir im Vorfeld bewusst verschwieg. Da diese noch wenig ausgeprägt war, konnte er sie vor uns mit seiner zurückhaltenden, ruhigen Art sowie mit den ständigen Notizen recht gut verbergen. Mir wurde später berichtet, dass fast alle seine Verwandten Alzheimer hatten. Über sein persönliches Umfeld wussten wir nicht viel, nur, dass er alleine lebt, eine sehr alte Mutter und eine Tochter hat. Ansonsten gab er nichts von sich preis. Die Notfall-Telefonnummer eines Angehörigen, die ich von allen Teilnehmern an allen Wanderreisen immer verlange, hat er mir trotz vielen mündlichen und schriftlichen Nachfragen nicht gegeben. Er hatte immer diverse Ausreden und vertröstete mich von Mal zu Mal. Bis ich es vergass, was wohl seine Absicht war.

Wir treffen nach zehn Stunden wieder im Lager ein, wo wir um Mitternacht gestartet waren. Doch nach einer kurzen Verpflegungspause geht es am Nachmittag gleich weiter, nochmals 800 Höhenmeter hinunter zum Horombo Camp auf 3'800 Metern. Je weiter wir absteigen, desto besser geht es uns und desto besser werden wir schlafen! Auf unserem

Trekking überschreiten wir den gesamten Kilimanjaro und benutzen die sogenannte Hüttenroute als unkompliziert zu begehende Abstiegsroute. Hier treffen wir auf Campsites mit Hütten, in denen ohne Zelt übernachtet werden kann (wir nutzen diese aber nicht, da wir mit Zelten unterwegs sind). Die Hüttenroute wird auch Coca-Cola-Route genannt, da es beim Hüttenwart manchmal Cola- und Bierbüchsen zu kaufen gibt, was auf dieser Höhe einem Luxus gleichkommt. Die Preise dafür sind denn auch extrem hoch und etwas pietätslos, verglichen mit dem Lohn eines Trägers. Trotzdem mache ich meine Gäste auf diese Möglichkeit aufmerksam; sie haben es sich verdient.

Nach dem Nachtessen kriechen alle sofort in ihre Schlafsäcke und schlafen herrlich. Ausser Andreas. Dieser trinkt einige Büchsen Bier (auf dieser Höhe wirkt der Alkohol viel stärker) und will dann schliesslich zu später Stunde von unserer Hüttencrew noch einen Kaffee serviert bekommen. Der Koch hat im Küchenzelt bereits alles zusammengeräumt und verstaut für die Nacht und die Träger schlafen dort drin dicht an dicht. Also alle wieder raus und alles wieder aufbauen, um heisses Wasser zu kochen ...

Damit auch ich ruhig schlafen kann, habe ich unseren Camp-Manager extra bezahlt, damit er in dieser Nacht als Leibwächter für Andreas sorgt. Die Anweisung lautet klipp und klar, ihn nie aus den Augen zu lassen und direkt vor seinem Zelteingang zu schlafen. Wenn Andreas nachts aus dem Zelt will und versucht abzuhauen (bei Alzheimer-Patienten ein häufig zu beobachtendes Problem), wird der Leibwächter automatisch geweckt. So kann er auf ihn aufpassen und kommt trotzdem zu etwas Schlaf.

Der nächste Morgen, unser letzter Trekkingtag. Heute erreichen wir in einem sechsstündigen Marsch das Gate und werden dort auf unseren Transferbus zurück zum Hotel treffen. Tatsächlich berichtet mir heute Morgen der Leibwächter, dass Andreas versucht hat, nachts vollständig angezogen rauszugehen und das Camp ziellos zu verlassen. Mit dem Anheuern eines Leibwächters habe ich somit wohl Andreas' Leben gerettet. Denn man findet in den unendlichen Weiten des Buschlandes niemanden mehr. Zudem lauern dort allerlei Gefahren.

Andreas hat in den letzten Tagen vermehrt berichtet, jemand habe ihm wohl sein Portemonnaie geklaut, denn er könne es nicht mehr finden. Doch wir wissen mittlerweile alle, in welcher Rucksack-Aussentasche es steckt und zeigen es ihm jeweils. Dann ist er erleichtert und wieder zufrieden. Nun kommt noch eine weitere Dimension dazu. Er informiert mich mehrmals, dass die russische Mafia seine Schuhbändel stehlen wolle. Er passe aber gut auf sie auf!

Ein Gast berichtet, Andreas habe nicht mehr selbständig aus dem Toilettenzelt rausgekonnt. Das kubusförmige Zelt mit quadratischem Grundriss hat zwei lange senkrechte Reissverschlüsse an beiden Seiten, um die Frontplane – quasi die Türe – öffnen und schliessen zu können. Offensichtlich hat Andreas vergessen, wie die Reissverschlüsse funktionieren. Der Gast hat ihn dann von aussen ‹befreit›.

Aufgrund der Vorkommnisse muss ich nun handeln. Auf der letzten happigen Tagesetappe mit 2'000 Höhenmetern Abstieg hinunter zum Gate (diese Etappe wird im Aufstieg auf zwei ganze Tage verteilt) überlege ich mir das weitere Vorgehen. Wir sind in Afrika, mitten im Nirgendwo. Ich habe eine psychisch akut kranke Person und keine Notfall-Nummer eines Angehörigen. Trotzdem wird es immer dringender, jemanden in der Schweiz zu informieren. Zudem liegt – nach dem morgigen Ruhetag im Hotel – noch eine dreitägige Safari vor uns, auf die ich Andreas möglichst nicht mitnehmen möchte. Das Risiko, dass er in einem unbeobachteten Moment wieder abhaut, ist zu gross. Ich brauche dringend Kontakt zu jemandem, der entscheidet, was mit ihm geschehen soll.

Der Abstieg führt über die Mandara-Hütten, wo wir kurz für einen Imbiss stoppen. Wir haben uns für den Abstieg Zeit gelassen. Andreas, der von einem unserer Second-Guides begleitet mitläuft, eilt voraus und ist kurz vor uns da. Er setzt sich zu einer anderen Gruppe an den Tisch in einer der Ess-hütten und fängt an, aus deren Töpfen zu essen. Wir treffen ebenfalls ein und der Second-Guide zeigt mir aufgeregt, wo Andreas sitzt. Er lässt ihn gemäss meiner Anordnung keine Sekunde aus den Augen. Ich entschuldige mich bei der Grup-pe und lotse Andreas zu unserem Tisch.

Beim zweiten Teil des Abstiegs, der durch geschlossenen Regenwald führt, hat dann der Second-Guide alle Hände voll zu tun. Kaum gibt das Dickicht einen schmalen Pfad links oder rechts des Hauptweges frei, biegt Andreas unvermittelt ab und verschwindet im Dschungel. Der Second-Guide hin-terher, um ihn wieder zurück auf den Hauptweg zu holen. Die beiden treffen wegen der unzähligen Abstecher mit über einstündiger Verspätung am Gate ein. Alle sind ziemlich geschafft, aber stolz über die eigene Leistung. Und wir sind uns einig: Es war eine fantastische Besteigung!

Ich habe bereits am Morgen telefonischen Kontakt mit meiner Mutter in der Schweiz aufgenommen und ihr seine Adresse und alle uns bekannten Details durchgegeben. Denn hier sind mir die Hände gebunden. Wir sind in Afrika, ich kann nicht einfach zur Polizei gehen. Trotzdem muss jemand schnellstens einen Angehörigen von Andreas ausfindig ma-chen. Doch es ist Sonntag, die laufenden Rückmeldungen über ihren Fortschritt fallen bescheiden aus. Es ist fraglich, ob sie überhaupt weiterkommen wird bei ihren Recherchen.

Auf der zweistündigen Rückfahrt zu unserem Hotel im klapprigen Transferbus beschliesse ich, selber soweit möglich aktiv zu werden. Ich muss unbedingt an seine persönlichen Effekten rankommen, in der Hoffnung, etwas Verwertbares zu finden. Während er in der Sitzreihe vor mir schläft, durchwühle ich seinen stinkenden Rucksack und fördere sein feuchtes Portemonnaie, den (trockenen) Pass und ein ausgeschaltetes Smartphone zutage. Der Pass ist voller Visa, ein weitgereister Mann also. Das Portemonnaie enthält diverse Platin-Kreditkarten und überraschend wenig Bargeld, aber leider absolut keine Hinweise auf Verwandte oder Bekannte. Dafür entdecke ich im Münzfach sechs Tansanite (Tansanische Edelsteine), deren Ausfuhr streng verboten ist. Auch das noch. Ich habe die Teilnehmer im Vorfeld der Reise mehrmals mündlich und schriftlich ermahnt, sie sollen keine Edelsteine kaufen, da der Zoll empfindliche Strafen verhängt. Deshalb also das wenige Geld. Wo zum Geier hat er die wohl gekauft? Es muss am ersten Tag gewesen sein, wo wir gemeinsam einen geführten Trip in die Umgebung gemacht haben und dabei die Stadt Arusha sowie einen grossen Souvenirshop besucht haben. Ich lasse sie, wo sie sind und nehme mir das Smartphone als allerletzte Möglichkeit vor. Es ist nicht mit einem PIN-Code gesichert und die Batterie ist noch fast voll. Schnell kann ich das Adressbuch öffnen. Nur acht Einträge. Super. Ich schreibe sie ab und versorge dann wieder alles im Rucksack.

Wir treffen im Hotel ein. Müde, verschwitzt und nach sieben Tagen ohne Dusche und Haare waschen wollen alle nur noch eines: Duschen. Doch für mich liegen die Prioritäten anders. Ich fange an, die Telefonnummern aus dem Adressbuch abzutelefonieren. Unser Lead-Guide informiert in der Zwischenzeit die Hotelcrew, damit man speziell auf Andreas Acht geben kann. Ich habe den Lead-Guide, den wir von der ganzen Expeditionscrew am besten kennen, als Andreas' Leibwächter für die nächsten Tage angestellt. Er folgt ihm auf Schritt und Tritt. Denn das Hotel liegt mitten im Busch. Es ist sehr gefährlich, das Hotelgelände zu verlassen.

Ich erreiche schliesslich eine Frau, der Stimme nach zu urteilen eine sehr betagte Person. Seine Mutter, wie sie mir bestätigt. Ich kann sie unmöglich mit dieser Geschichte belasten, bringe aber wenigstens in Erfahrung, dass er bei einem Arzt in Behandlung sei. Zudem erhalte ich von ihr den Namen seiner Tochter, deren Telefonnummer ich in seinem Smartphone-Adressbuch gespeichert vorgefunden habe.

Mit einem Gruppenmitglied als Zeuge nebenan (die ganze Sache wird mir allmählich zu heikel) telefoniere ich mit der Tochter. Ich schildere ihr kurz die Sachlage und informiere sie, dass ich von ihr eine Entscheidung betreffend den weiteren Verbleib von Andreas in Afrika brauche. Wir haben morgen einen Ruhetag vor dem Start zur Safari eingeplant, eine gute Gelegenheit zu Andreas' Rückreise. Die Fluggesellschaft fliegt täglich nach Zürich, mit Umsteigen auf Amsterdams Flughafen Schiphol. Zudem teile ich ihr mit, welche Kosten auf sie zukommen. Die Telefone von Afrika in die Schweiz sind sehr teuer, es wird ein Extra-Flughafentransfer für Andreas nötig werden, seine Hotel-Getränkerechnung werde ich bezahlen müssen und ich muss die diversen Leibwächter-Löhne in Rechnung stellen. Zudem hatten wir ja für das ganze Trekking einen zusätzlichen Träger für Andreas' zwei statt einer Reisetasche gebraucht, auch dieser muss bezahlt werden. Und am Rande erwähne ich noch die Tansanite und will von ihr wissen, was ich damit machen soll.

Nach weiteren Telefonaten und einer längeren Organisations-Orgie, die sich über den ganzen Abend und nächsten Vormittag erstreckt, ist dann der Entscheid der Tochter umgesetzt und alles in die Wege geleitet: Andreas fliegt an unserem Ruhetag zurück in die Schweiz und wird nicht mehr an der Safari teilnehmen. Da er in Amsterdam nicht alleine umsteigen kann (er würde den Anschlussflug nicht finden in seinem Zustand), wird dort eine Ground-Hostess gebucht. Auf das Flugticket kommt der Vermerk «Needs 100% surveillance due to Alzheimer problems» (braucht ständige Überwachung wegen Alzheimer). Ich habe die Aufgabe dafür zu sorgen, dass Andreas auf dem Kilimanjaro-Airport ins richtige Flugzeug steigt und auf den richtigen Platz sitzt. Seine Verwandten werden ihn in Zürich-Kloten in Empfang nehmen. Der Flug konnte übrigens nicht auf das neue Datum umgebucht werden, sondern musste nochmals zum vollen Preis bezahlt werden. Den Extra-Flughafentransfer habe ich auf den späteren Nachmittag bestellt. Die Tansanite bleiben, wo sie sind.

An unserem Ruhetag informiere ich die übrigen Gäste über das weitere Vorgehen. Es ist ein ständiger Spagat: Einerseits sitzen wir alle im selben Boot, sie haben alles hautnah miterlebt, deshalb haben sie auch ein Recht darauf, auf dem Laufenden gehalten zu werden. Andererseits haben sie für dieses einmalige Trekking-Erlebnis bezahlt und das Recht, dieses auch in vollen Zügen zu geniessen. Es reicht, wenn ich belastet bin. Beim Mittagessen bitte ich sie, darauf zu achten, dass Andreas den Tisch nicht verlässt, denn ich will währenddessen in seinem Hotel-Bungalow seinen Pass an mich nehmen. Das Problem würde nämlich noch grösser, wenn wir abends am Flughafen beim Einchecken seinen Pass nicht mehr fänden, weil er ihn zwischenzeitlich irgendwo vergraben hat. Sein neues Rückflugticket habe ich zwar, ich will aber bei der Gelegenheit auch gleich das alte behändigen, falls ich es finde.

Andreas beklagt sich den ganzen Tag über bei mir über die russische Mafia, die ihn verfolge und bei ihm rund um den Bungalow rumlungere. Gemeint ist natürlich unser Lead-Guide, der seine Bewachungspflicht ernst nimmt und die Nacht auf der Terrasse verbracht hat. Andreas erkennt ihn nicht mehr, obwohl wir gerade erst sieben Tage miteinander unterwegs waren.

Es ist so weit. Ich habe dafür gesorgt, dass Andreas alles gepackt hat, sich unter die Dusche gestellt und rasiert hat. Er schenkt mir zum Dank eine ungeöffnete Flasche Orangensirup von der Migros. Da er sein komplettes Gepäck mit auf den Kilimanjaro hat schleppen lassen, war diese Flasche wohl auch dabei. Doch mich kann nichts mehr erschüttern. Mein einziges Ziel ist es, ihn heute Abend wohlbehalten in den Flieger zu setzen. Ich habe den Driver des Transfer-Jeeps sowie den Leibwächter (der uns ebenfalls zum Flughafen begleiten wird) über das weitere Vorgehen informiert. Wir müssen nun zusammenarbeiten, zumal ich das Gefühl habe, dass sich Andreas erholt, wenn auch sehr langsam. Ich gehe davon aus, dass er bereits wieder englisch versteht und deshalb den Gesprächen zwischen mir, dem Driver und dem Leibwächter folgen kann. Wir müssen also aufpassen. Undenkbar, wenn er sich in letzter Sekunde weigern würde, ins Flugzeug zu steigen!

Frühzeitig erreichen wir den Flughafen. Der Plan sieht vor, dass der Driver mit dem Flughafenpersonal spricht betreffend einer Ground Hostess, denn ich kann ja nicht zusammen mit Andreas in den Flieger steigen. In der Zwischenzeit überbrücken wir die Wartezeit vor dem kleinen Flughafen (etwa fünf

Flugbewegungen pro Tag) in einem der primitiven Strassen-kaffees. Sollte es Probleme geben, soll der Driver mir von weitem ein Zeichen geben, damit ich mit ihm sprechen kann, ohne dass Andreas dabei ist.

Genau so kommt es. Das Problem: Der Flughafen-Chef, mit dem der Driver gesprochen hat, will Andreas wegen des Alzheimer-Hinweises auf dem Flugticket gar nicht fliegen lassen! Der Driver bringt mich zu ihm. In Uniform mit vielen glänzenden Streifen und Orden drauf thront der übergewichtige Schwarze hinter seinem Schreibtisch und schaut uns von oben herab an. Trotz meiner Intervention bleibt er dabei, dass er Andreas nicht fliegen lassen will. Meine Nerven sind zum Zerreissen gespannt. Mit Hilfe des Drivers bettle ich inständig. Der Flughafen-Chef meint schliesslich, dass er ihn fliegen lasse, wenn jemand aus unserer Gruppe ihn auf dem Flug begleite. Das ist natürlich unmöglich, für uns geht das Reiseprogramm hier in Afrika noch weiter. Doch es hat keinen Sinn, mit dem überheblichen Chef noch länger zu verhandeln. Ich muss mir etwas anderes einfallen lassen. Ich informiere den Chef, dass ich die Gruppenmitglieder fragen gehe, wer mitfliegen wolle. Wir verlassen das Büro. Ich stelle mich vor den Haupteingang des Flughafens, wo Busse und Jeeps vorfahren und die Touristen ausladen. Da nur dieses eine Flugzeug am Abend abfliegt, ist es klar, dass alle ankommenden Touristen mit diesem Flugzeug reisen werden. Mein Plan ist, einfach jemanden anzusprechen. Eine Weile beobachte ich die Ankünfte, dann fällt mir ein sandfarbener Jeep auf. Nur eine einzelne Frau steigt aus. Sie sieht zwar wie eine Deutsche, aber nicht wie eine Touristin aus. Ich spreche sie an und habe Glück. Sie heisst Siglinde und wohnt in Hannover. Sie hat einige Monate hier bei einem Hilfswerk gearbeitet und fliegt nun nach Hause. Ich schildere ihr mein Problem. Ich spüre, dass sie der ganzen Sache positiv gegenübersteht und erzähle ihr den ganzen Fall. Sie begleite ihn, meint sie schliesslich. Und: Sie sei Psychiatrie-Krankenschwester. Mir fällt ein tonnenschwerer Stein von den Schultern. Mit dem Flughafen-Chef regeln wir alles und Andreas stelle ich seine neue Begleiterin vor. Ich informiere ihn, dass ich sie zufällig getroffen hätte und sie – welch ein Zufall – auch noch just direkt neben ihm im Flugzeug sitze ...

Doch das Schwierigste liegt noch vor uns. Andreas ist im Verlaufe des heutigen Tages immer klarer im Kopf geworden. Es kann sich schlimmstenfalls nur noch um Minuten handeln, bis er realisiert, dass für ihn die Reise nun zu Ende ist und er nicht mehr an der Safari teilnehmen wird. Erst wenn er durch die ‹no return›-Schranke durchgegangen ist, ist es wirklich vollbracht.

Das Flughafengebäude ist klein und übersichtlich. Die Passkontrolle befindet sich im gleichen Raum wie die Checkin-Schalter, und zwar *vor* diesen. Ich kann jedoch mit dem Beamten an der Passkontrolle vereinbaren, dass ich meinen Kollegen noch an den Schalter begleiten darf und dann wieder zurückkomme. Driver und Leibwächter warten ausserhalb des Flughafengebäudes. Wir stellen uns mit Siglinde zusammen in die lange Warteschlange vor den Checkin-Schaltern. Es will und will nicht vorwärts gehen, meine Nerven sind zum Zerreissen gespannt. Wir warten schliesslich eine geschlagene Stunde lang. Wegen wiederkehrender Stromausfälle müssen die Computer immer wieder neu hochgefahren werden. Plötzlich fragt Andreas mich, ob die anderen auch auf diesem Flug seien. Nein, antworte ich, die hätten ja einen anderen Flug. Dann ist er wieder minutenlang still, scheint angestrengt nachzudenken. Der Beamte von der Passkontrolle giftelt herüber, ich solle jetzt dann endlich wieder rauskommen. Himmelherrgottnochmal, macht mal vorwärts mit diesem Einchecken! Dann fragt mich Andreas, ob er denn nicht mehr mit zur Safari gehe. Ich habs befürchtet. Dies ist genau die entscheidende Situation, in die ich gehofft habe, nicht zu kommen. Nein, antworte ich, Du gehst ja jetzt nach Hause. Er scheint dies zu akzeptieren, ist wieder ruhig. Zum Glück. Ich hätte nicht gewusst, was ich weiter hätte sagen sollen. Jetzt sind wir endlich an der Reihe. Ich zücke den Pass und das Flugticket von Andreas und halte es hin. Andreas scheint dies überhaupt nicht zu stören. Das Checkin ist nur eine Formsache. Dann geht alles schnell. Wir verabschieden uns voneinander und die beiden verschwinden im Raum für die Handgepäckkontrolle.

Ich trete hinaus vor das Flughafengebäude, atme tief die feuchtwarme afrikanische Luft ein. In der Zwischenzeit ist es dunkel geworden. Ich finde den Driver und den Leibwächter und wir fahren zurück zum Hotel. Auf dem Rückweg versuche ich mich zu entspannen, doch es will mir nicht recht gelingen. Erst wenn ich die Bestätigung habe, dass Andreas in Kloten angekommen ist, werde ich wohl mit der ganzen Sache abschliessen können. Es ist mittlerweile 21.00 Uhr. Als wir im Hotel ankommen, sehe ich, dass die anderen bereits gegessen haben. Doch ich habe ohnehin keinen Hunger. Während ich zwei Flaschen Cola trinke, erzähle ich ihnen, wie es am Flughafen gelaufen ist, und gehe dann rasch schlafen. Ich bin mental ziemlich am Ende, wie noch nie zuvor in meinem Leben.

Am nächsten Tag erfahre ich aus erster Hand, dass Andreas im Flughafen Kloten angekommen, aber ohne Gepäck aus dem geschlossenen Bereich gekommen sei. Er hat vergessen, dass man sein Gepäck vom Gepäckband nehmen muss. Eine Verwandte wartet auf ihn, fragt, in welchem der Flughafenparkhäuser er sein Auto abgestellt habe. Doch das weiss er auch nicht mehr. Der Verwandten berichtet er üble Dinge über mich. Ich hätte ihn loswerden wollen und ihn nach Hause geschickt. Er habe nicht an der Safari teilnehmen dürfen. Die Verwandte glaubt ihm.

Eine tragische Geschichte. Irgendwie tut er mir leid, auf der anderen Seite hat er mich bewusst betreffend seine Gesundheit belogen und damit das Ganze erst verursacht. Nachdem die horrende Spesenrechnung bezahlt ist, beende ich den Kontakt. Auch er versucht nicht, wieder Kontakt aufzunehmen. Ich höre nie mehr etwas von ihm direkt. Einmal erzählt mir ein anderer Wanderleiter, dass Andreas in Pantoffeln zu einer Tageswanderung in der Region erschienen sei.

Zeltlager, Kilimanjaro-Trekking

12

Hübsch aussehen mit Hindernissen

Nur ein paar Tage später gehts gleich weiter ins Wallis. Wandernd geniessen wir während vier Tagen die warme Herbstsonne an den südexponierten Hängen des Rhônetales. Unterkunft bietet uns ein gut geführtes Hotel mit exquisiter Küche. Was will man mehr? Ich jedenfalls will nach dem Kilimanjaro-Abenteuer nur eines: Frieden. Doch dies bleibt leider ein Wunsch.

Eine Wanderin, die ein Einzelzimmer belegt, kommt am Nachmittag nach der Wanderung des dritten Tages ganz aufgeregt zu mir. Wir treffen im Hoteleingang bei der Reception aufeinander. Sie ist völlig ausser sich. Sie könne nicht mehr in diesem Hotel übernachten, sie habe das Vertrauen in dieses Hotel verloren. Ich staune, denn es ist ein wirklich gut geführtes, seriöses Haus. Was ist bloss passiert? Die Frau ist mir in den letzten Wandertagen bereits durch ihr etwas spezielles Benehmen aufgefallen. Nun berichtet sie atemlos, dass jemand während ihrer Abwesenheit ihren teuren Mascara (Wimperntusche) gegen einen billigen ausgetauscht habe. Im Bad liege nun ein billiger, der ihr nicht gehöre.

Oh nein, nicht schon wieder, denke ich. Sicher tauscht niemand Mascara aus. Dieser Vorfall existiert wohl nur in ihrem Kopf ... Glücklicherweise stehen wir direkt vor der Reception, die Chefin hat hinter dem Tresen alles mitgehört. Denn zwischen den Zeilen beschuldigt die Wanderin ja quasi das Zimmermädchen, da sonst niemand in ihrem abgeschlossenen Zimmer gewesen sein kann. Also muss sie dies mit der

Hotelière besprechen. Doch sie widerspricht. Ich sei die Leiterin, das sei meine Verantwortung, wenn bei ihr der Mascara ausgetauscht würde. Ist es nun zum Lachen oder Heulen? Die Chefin wirft mir einen vielsagenden Blick zu und runzelt die Stirn. Schliesslich unterhalten sich die beiden miteinander. Die Stimmung wird immer agressiver. Ich klinke mich aus, da ich nun wirklich nicht auch noch zum Mascara schauen kann.

Am nächsten Morgen – dem letzten vor der Abreise – frühstücken wir im Speisesaal. Die Wanderin kommt zielstrebig auf meinen Tisch zu, nimmt einen Stuhl vom Nachbartisch, setzt sich am Kopfende hin und fängt wieder mit der ganzen Geschichte an. «Du, also was meinst denn jetzt Du zu dieser Sache?» Ich habe mir gedacht, dass sie nochmals einen Anlauf nehmen und mir diese Frage stellen wird. Deshalb bin ich vorbereitet: «Ich verstehe nicht so viel von Mascara», antworte ich ihr zwischen zwei Bissen. Denn ich schminke mich nie. An den Tischen rundherum ist die Unterhaltung mitverfolgt worden und es ertönt unterdrücktes Gelächter. Vielleicht wird ihr dadurch bewusst, wie lächerlich ihre Vorstellung ist. Jedenfalls verlässt sie keifend meinen Tisch und geht an ihren eigenen zurück.

Die Hotelière hat mir später mitgeteilt, dass sich die Wanderin partout nicht habe abwimmeln lassen und sie ihr den teuren Mascara bezahlt habe, um die Angelegenheit zu erledigen.

13

Sturm, Überschwemmung und Einbruch – eine ganz normale Wanderwoche ...

Nur einen Tag nach der Rückkehr aus dem Wallis gehts gleich weiter nach Südfrankreich. Vier Wandertage in den Calanques stehen auf dem Programm. Die Calanques sind fjordartig eingeschnittene Buchten zwischen Marseille und Cassis am Mittelmeer. Die pinienbestandenen Kalkfelsen mit ihrer speziellen mediterranen Flora stehen unter Naturschutz und sind vor allem bei Kletterern beliebt. Doch auch für Wanderer bieten sich fantastische Möglichkeiten im eher oberen Schwierigkeitsgrad. Es ist Anfang November, am Mittelmeer eine herrliche Zeit für Spätherbstwanderungen. Denn im Sommer wäre es hier zu heiss dafür.

Um nicht auf den TGV-Schnellzug mit seinen ewigen Streiks und Verspätungen angewiesen zu sein, habe ich von einem renommierten Ostschweizer Busreise-Unternehmen einen Bus mit einem erfahrenen Chauffeur gemietet. So können wir bequem ans Meer reisen und verfügen dann vor Ort auch gleich über einen fahrbaren Untersatz, der uns an die Ausgangspunkte unserer Wanderungen bringt. Wohnen werden wir in einem Hotel direkt am Hafen des pittoresken Fischerdorfes Cassis.

Die Hinfahrt müssen wir zeitlich genau kalkulieren, da unser Chauffeur seine Ruhezeiten einhalten muss. Die gesamte Reisedauer reizt die entsprechende Verordnung bis auf die letzte Minute aus. Ich habe deshalb im Vorfeld dem Busreise-Unternehmen genaue Anweisungen zur Anfahrt und zu den

Restriktionen für Busse in Cassis gegeben. Cassis hat enge, verkehrsberuhigte Gassen und unser Hotel ist mit dem Bus nicht direkt zu erreichen. Zudem befindet sich der offizielle Busparkplatz im oberen Teil des an einem Hang gelegenen Dorfes, etwa zehn Gehminuten vom Hotel entfernt.

Bis Marseille verläuft die Reise problemlos, doch dann glaubt unser Chauffeur seinem GPS (direkt in die Stadt hinein) mehr als mir (auf der Autobahn über Aix en Provence). Mitten in der Stadt erleben wir dann eine Überraschung: Ein Tunnel ist zu wenig hoch für den Bus, wir müssen aussen rum. Die Verfahrerei beginnt. Wir irren in Marseille herum, aber eigentlich ist uns nicht nach Sightseeing. Wir würden nach der über achtstündigen Reise endlich gerne ankommen. Und die Zeit, die wir dabei verlieren, ist auch nicht einkalkuliert. Der Fahrtenschreiber blinkt bereits warnend. Irgendwie kommen wir dann doch noch in Cassis an, und hier beginnt die Sucherei aufgrund der vielen für Busse gesperrten Strassen erneut. Schliesslich entscheide ich, dass wir einfach aussteigen und zu Fuss mit unserem Gepäck quer durch das Dorf zum Hotel laufen, zumal es unterdessen fast aufgehört hat zu regnen. Ich bin sauer auf den Chauffeur, da ich die Firma im Vorfeld extra auf diese Punkte hingewiesen habe.

Am nächsten Morgen begrüsst uns starker Wind. Es ist geplant, den Morgen auf einer Schifffahrt zu verbringen und die Calanques vom Meer her anzuschauen. Am Nachmittag steht dann eine Halbtageswanderung durch den Naturpark auf dem Programm. Doch können wir bei so viel Wind die bereits reservierte Schifffahrt überhaupt antreten? Ich gehe zum Hafenbüro hinunter. Die Madame von der Schiffsführer-Vereinigung verzieht zweifelnd das Gesicht. Es sei unsicher, ob einer der Schiffsführer bei diesen Bedingungen noch hinaus fahre. Während sie Abklärungen trifft, werfe ich einen Blick auf das Meer. Als langjährige Skipperin auf Motoryachten habe ich viel Erfahrung in der Beurteilung solcher Situationen. Die Wellen sind noch nicht extrem hoch, es würde noch gehen. Der Wind nimmt aber laufend an Stärke zu. Zurück bei der Madame, informiert sie mich, dass sie noch einen einzigen Schiffsführer gefunden habe, der die Fahrt machen würde, wir müssten aber sofort los. Gesagt getan, die Wanderer stehen bereit und kurz darauf heisst es «Leinen los». Es wird eine überaus schaukelige Fahrt, und manch einer schaut immer wieder zweifelnd zu mir. Ich grinse und lasse mich nicht aus der Ruhe bringen. Dieses Schiff ist stabil und verträgt noch weit mehr als diesen Seegang, der aber kontinuierlich zunimmt. So haben alle Spass und freuen sich über das unerwartete Abenteuer.

Am Tag darauf stürmt es immer noch, deutlich mehr als am Vortag. Die Brandungswellen sind enorm, sogar höher als das Hafen-Leuchtfeuer! Wir sind alle fasziniert von diesem Schauspiel und jeder hat wohl einige Erinnerungsfotos geschossen. Die heutige Wanderung kann trotzdem wie geplant stattfinden. Und sogar mit dem Regen haben wir Glück: Es regnet vor und nach der Wanderung, wir bleiben trocken.

Dritter Wandertag. Es stürmt unvermindert stark. Météo France hat deswegen die gelbe Warnstufe ausgegeben. Die sintflutartigen Regenfälle in der Nacht haben die Gassen von Cassis in Bäche verwandelt. Wir wissen gar nicht mehr, wie wir unser Hotel verlassen sollen! Schade, denn normalerweise ist es Anfang November noch so schönes Wetter in dieser Region. Wir haben einfach Pech. Heute steht eine etwas schwierigere Wanderung auf dem Programm. Erst unterwegs kann ich an der Schlüsselstelle entscheiden, ob wir weitergehen können oder umkehren müssen. Der Wind zerrt an unseren Regenkleidern, die Überwurf-Ponchos einiger Wanderer werden ihnen regelrecht vom Leib gesogen und verschwinden auf Nimmerwiedersehen. An der Küste weht der Wind so stark, dass wir uns mit aller Kraft dagegen stemmen müssen. Als ich einmal einen Kontrollblick zurückwerfe, bietet sich mir ein ungewohntes Bild: Die ganze Gruppe schwankt hin und her, als wären alle Wanderer betrunken! Zurück bei unserem Bus sind wir uns einig: Es war ein tolles Abenteuer! Ich glaube, unser Chauffeur hat nicht schlecht gestaunt, als die total verhudelte Truppe um die Ecke kam!

Kaum bin ich zurück im Hotel, checke ich den Wetterbericht für morgen. Petrus hat kein Einsehen mit uns. Météo France hat für morgen die Warnstufe sogar auf orange erhöht. Unser letzter Wandertag wird also buchstäblich ‹vom Winde verweht› werden. Zudem soll es den ganzen Tag regnen. Ich kann die Verantwortung bei diesen Bedingungen nicht mehr übernehmen, zumal wir eine etwas schwierigere Wanderung machen wollten und es im Gebiet keine ganz einfache Route gibt. Als Ersatzprogramm organisiere ich rasch eine Stadtbesichtigung in Marseille. Denn wir haben ja unseren eigenen Bus dabei und somit sogar ein Dach über dem Kopf. Bei der Tourismus-Information buche ich eine Stadtführerin für morgen. So können wir den Tag doch noch sinnvoll nutzen, denn Marseille ist eine sehr geschichtsträchtige, sehenswerte Stadt.

Der nächste Morgen. Direkt vor dem Hotel-Ausgang hat sich wieder mal ein Fluss gebildet, doch wir sind uns dies schon gewohnt von gestern. Mit kleinen Umwegen laufen wir zum Busparkplatz hoch und fahren los. Eingangs Marseille steigt die Stadtführerin zu, die uns durch die Stadt und zu den sehenswerten Örtlichkeiten lotst. Sie spricht nur französisch, so kommt mir die Aufgabe zu, alles simultan auf Deutsch zu übersetzen. Sie redet ununterbrochen wie ein Wasserfall und drängt mich ständig, alles möglichst rasch zu übersetzen. Ich habe deutlich mehr Stress, als wenn ich mit der Gruppe auf einer Wanderung wäre!

Kurz nach Mittag ist die Stadtführung am Alten Hafen von Marseille beendet. Hier ist auch gleich ein offizieller Busparkplatz, so kann ich den Gästen grad noch zwei Stunden Zeit zur freien Verfügung geben, um die Altstadtgässchen von Marseille zu Fuss zu entdecken. Leider fällt dies – wieder einmal – ins Wasser, da es in der ersten Minute sintflutartig zu regnen beginnt und präzise in der letzten wieder aufhört. Alle – inklusive Chauffeur – rennen zu den Restaurants in der Nähe und können diese in der Folge wegen des Starkregens nicht mehr verlassen. Jä nu, ein interessantes Ersatzprogramm wars trotzdem. Mein sprichwörtliches Wetterglück auf den BERGTRÄUME-Wandertouren hat mich diesmal wirklich komplett im Stich gelassen.

Wieder zurück in Cassis, stellen wir den Bus auf den Busparkplatz im Oberdorf und laufen durch die Fussgängerzone hinunter zum Hafen zu unserem Hotel. Der Chauffeur bleibt noch beim Bus, da er ihn noch vorbereiten will für die morgige lange Heimfahrt. Wir sind bereits zurück im Hotel, als mich der Chauffeur übers Handy anruft. Hörbar geschockt informiert er mich, dass er soeben eine Entdeckung gemacht habe: Jemand ist in Marseille in den Bus eingebrochen. Der Tresor sei aufgebrochen worden, das Bargeld weg und man sehe an den Türen einige Kratzspuren. Auch das noch! Nicht genug, dass wir solches Wetterpech hatten. Tja, dann gibts für uns beide halt nochmals eine Programmänderung: Anstelle eines gemütlichen Abschlussabends werden wir den Polizei-posten aufsuchen müssen, da der Chauffeur einen Rapport für die Versicherung braucht. Meine Sprachkenntnisse sind deutlich besser als die des Chauffeurs. Deshalb begleite ich ihn. Wir treffen uns im Dorfkern von Cassis und gelangen wegen der immer noch überschwemmten Gassen auf Umwegen zur Gendarmerie.

Es vergeht geraume Zeit, bis sich der Polizist endlich zu uns nach vorne zum Schalter bequemt. Ich erzähle die ganze Story, wann und wo sich das in Marseille zugetragen haben muss. Schliesslich weist er uns an, den Bus zum Posten hinunterzufahren und vorne an der öffentlichen Bushaltestelle zu parkieren, damit er sich den Schaden anschauen kann.

Gesagt, getan. Wieder müssen wir lange auf dem Posten warten, bis er auftaucht. Ich muss ihm nochmals die ganze Story erklären, was jetzt genau in Marseille passiert ist. Doch plötzlich unterbricht er mich abrupt: Für Marseille müssten wir dort auf den Posten. Himmel, das hätte er aber auch gleich sagen können; ich hatte schon beim ersten Vorsprechen betont, dass der Einbruch in Marseille passiert ist. Ich frage, wo in Marseille dieser sei und er zeigt auf meinem Stadtplan auf eine etwa einen Kilometer lange Avenue. Ich brauche es genauer, wir können doch nicht die ganze Avenue absuchen. Genau wisse er es nicht, antwortet er desinteressiert und wendet sich ab. Ich rufe ihn zurück und frage ihn nach der Telefonnummer des dortigen Postens. Denn dann könnte ich dort anrufen und mir eine Wegbeschreibung geben lassen. Doch er hat die Telefonnummer nicht griffbereit. Und das Interesse hat er jetzt definitiv verloren. Er verschwindet einfach im hinteren Teil der Büros!

Ziemlich genervt verlassen wir den Posten, steigen in den Bus und fahren nach Marseille. Es ist mittlerweile stockdunkel und es regnet mal wieder in Strömen. Wir trennen uns und suchen die Avenue von den beiden Enden her zur Mitte hin ab. Schnell merke ich, dass der Schirm bei dem Hudelwetter überhaupt nichts bringt. Es dauert keine 15 Minuten und schon ist alles nass. Schliesslich hat der Chauffeur Glück. Er findet den Posten als Erster und informiert mich via Handy über seinen Standort. Ich treffe dort ein und trage unser Anliegen einer Politesse vor, die wohl für die Zutrittskontrolle zuständig ist. Sie sitzt in einem Häuschen, das dem gut gesicherten Gebäude vorgelagert ist. Doch wir sind am falschen Ort. Dies sei die Kripo. Sie zeigt uns auf meinem Stadtplan (der ebenfalls nass ist und sich langsam aufzulösen beginnt), wo der Posten der Gendarmerie sei. Na super: Er befindet sich so weit entfernt von unserem jetzigen Standort, dass wir zurück zum Bus und diesen umparkieren müssen. Zu Fuss können wir das von hier aus vergessen. Die Information vom Polizisten in Cassis betreffend den Standort des Postens in Marseille war also falsch.

Nachdem wir einen Busparkplatz gefunden haben, laufen wir eine andere Avenue etwa 15 Minuten hinauf bis zum Posten. Und staunen: Die Wartehalle ist überfüllt mit Leuten, die ein Problem haben. Am Schalter existiert eine lange Warteliste, in die wir nun auch eingetragen werden. Das kann Stunden dauern, bis wir drankommen! Bis auf die Unterhose nass sitzen wir in der Wartehalle. Ich bewundere den Chauffeur. Trotz den Widerwärtigkeiten und der Tatsache, dass ein erheblicher Teil des gestohlenen Bargeldes sein privates war, behält er die Contenance.

Die Zeit vergeht. Zwischendurch kommen Polizisten mit gefesselten Männern herein und verschwinden mit ihnen durch eine andere Tür. Manche der Verhafteten schreien irgendwas, andere wehren sich. Wäre noch interessant zum

Zuschauen, wenn wir nicht andere Prioritäten hätten. Wir rennen nun seit über drei Stunden diesem Rapport nach und sind fast genau so lange klitschnass. Der Chauffeur gibt zu bedenken, dass er um spätesens 20.30 Uhr den Bus in Cassis abgestellt haben muss, um wegen der morgigen langen Heimreise nicht in Konflikt mit der Ruhezeitenverordnung zu kommen. Wir beschliessen, noch genau bis 20.00 Uhr zu warten und dann abzubrechen, sollten wir bis dahin nicht an die Reihe gekommen sein.

Gegen 20.00 Uhr fällt er den Entscheid, zurück nach Cassis zu fahren – ohne Rapport. Wir gehen an den Schalter, um uns aus der Warteliste austragen zu lassen. Ich erkläre der Madame, dass wir den Bus zurück nach Cassis bringen müssten, damit der Chauffeur die Ruhezeiten einhalten könne. Cassis?, hakt sie nach. Dort gäbe es aber auch eine Gendarmerie. Wir sollen doch dorthin gehen. Ich erkläre ihr, dass wir schon dort waren und die uns hierher geschickt hätten, weil der Einbruch in Marseille stattgefunden habe. Nein, widerspricht sie; jede Gendarmerie in ganz Frankreich sei verpflichtet, ein Delikt, das auf französischem Boden stattgefunden habe, aufzunehmen.

Langsam reichts mir. Hoffentlich hat wenigstens der Chauffeur nicht genau mitbekommen, was sie gesagt hat. Doch er fragt immer vehementer nach, bis ich schliesslich damit herausrücke. Ich rechne damit, dass er ausrastet, doch nichts passiert. Wir verlassen den Posten und laufen schweigend miteinander zum Bus. Sehr ruhig steigt er in den Bus. Sehr konzentriert fährt er nach Cassis. Sehr präzise parkiert er den Bus und steigt aus. Und dann pfeffert er seine alte, völlig durchnässte Regenjacke unvermittelt in den nächsten Abfalleimer und knallt den Deckel wieder zu. Auch eine Variante, Dampf abzulassen.

Ich anerbiete mich, mit ihm nochmals zur Gendarmerie in Cassis zu gehen. Doch er hat die Sache für sich abgehakt. Eine heisse Dusche und Schlaf sei das Einzige, was er jetzt noch wolle. Wir verabschieden uns vor dem Hotel und ich gehe meine Wandergruppe suchen, die es sich in einem der Restaurants gemütlich gemacht hat und natürlich gespannt auf Bescheid wartet.

Bei mir hat der Chauffeur seine Scharte von der verpatzten Anfahrt mehr als ausgewetzt. Es ist nicht selbstverständlich, sich in solch schwierigen Situationen so gut im Griff zu haben.

Die Rückfahrt verläuft problemlos. Nach der Hälfte der Strecke – noch auf französischem Boden – machen wir Mittagsrast auf einer Autobahn-Raststätte. Und da bemerkt eine Wanderin plötzlich, dass sie beim Frühstück im Hotel ihre Handtasche vergessen hat – mit dem Portemonnaie und der Identitätskarte drin. Ich rufe das Hotel an, die Tasche wird gefunden und dann später nachgeschickt. Das andere Problem: Wir müssen noch über die Grenze. Hoffentlich müssen wir unsere Personalausweise nicht zeigen. Den Chauffeur informiere ich nicht. Ich will ihn nicht noch zusätzlich belasten.

Die Anspannung steigt, wir nähern uns dem Grenzübergang. Der Grenzbeamte winkt uns anstandslos durch.

14

Wenn das Herz nicht mehr mitmacht

In der Zwischenzeit hat die Wintersaison begonnen. Ich bin mit einer Gruppe von acht Personen am Schneeschuhlaufen. Die Verhältnisse sind denkbar schlecht: Es schneit seit bald zwei Tagen, über ein Meter Neuschnee ist bereits gefallen. Die Lawinenwarnstufe ist sogar auf 4 gestiegen, grosse Lawinengefahr also. Es handelt sich um einen Firmenanlass, die Angestellten haben heute ihren Skitag. Die Tour muss also stattfinden. Ich entscheide mich für absolut lawinensicheres, flaches Gelände im Gebiet Madils, Flumserberg.

Ich laufe wie üblich zuvorderst. So viel Neuschnee bedeutet für mich harte Spurarbeit. Trotz Schneeschuhen sinke ich so tief ein, dass ich das jeweils andere Bein kaum mehr auf die Schneeoberfläche heben kann, um überhaupt den nächsten Schritt machen zu können. Das Fortkommen beschränkt sich auf vielleicht noch zwanzig Zentimeter pro Schritt. Während ich mich abrackere, müssen die Gäste hinter mir gezwungenermassen immer wieder stehen bleiben. Für sie geht es nur sehr langsam vorwärts. Sie haben quasi eine Dauerpause. Deshalb bin ich dann auch sehr erstaunt, als Otto nach einer zusätzlichen Pause verlangt. Er läuft fast zuhinterst in der Gruppe, dort ist die Spur sogar noch besser ausgetreten, ja schon fast eine Autobahn. Wir halten an und ich erzähle den Gästen zur Überbrückung etwas über dieses Hochtal, in dessen hinterem Teil wir uns nun befinden.

Ein Seitenblick zu Otto sagt mir, dass er sich nicht erholt hat. Seltsam. Mein Plan ist nun, hier abzubrechen und auf dem kürzesten Weg zur benachbarten Langlauf-Loipe zu queren. Dort auf der präparierten Skating-Spur ist das Laufen dann wesentlich einfacher und sollte keine Probleme mehr bereiten. Zudem habe ich im Rucksack noch ein heisses Getränk für alle Gäste, das wir dann dort geniessen können. Ich erkläre den Gästen das neue Vorgehen und versuche dabei, mir meine aufkommende Besorgnis nicht anmerken zu lassen. Doch als ich fertig bin und vor dem Loslaufen nochmals zu Otto blicke, wird mir sofort bewusst: Dieser Mann läuft keinen Schritt mehr. Es geht ihm nun sichtlich schlecht, er steht mit vornüber gebeugtem Oberkörper da. Wir fragen deutlich vehementer nach seiner Befindlichkeit. Und endlich rückt er damit heraus: Ein zunehmender Druck in der Brust mache ihm zu schaffen. Herzinfarkt, schiesst mir durch den Kopf und ich frage ihn nach Schmerzen in den Armen oder Übelkeit. Doch nichts dergleichen. Untypischer Herzinfarkt ohne die gängigen Symptome? Bei diesen schlechten Witterungsverhältnissen kann ich kein Risiko eingehen. Die Sicht ist gleich null, es schneit immer noch leicht. Der Heli wird wohl nicht fliegen können. Eine terrestrische Rettung aber braucht ein Vielfaches an Zeit. Und diese haben wir nicht, sollte es sich tatsächlich um einen Herzinfarkt handeln.

Mit Rucksäcken legen wir eine Art Matratze aus, auf die sich Otto legen kann, ohne von unten kalt zu bekommen. Ein Arbeitskollege kniet sich an sein Kopfende, sodass Ottos Oberkörper leicht erhöht ist. Ich rufe den Koordinator der Rettungs-Leitstelle der Bergbahnen Flumserberg an, in deren Gebiet wir uns befinden. Wir kennen uns schon lange. Meine Meldung ist deshalb kurz und präzis. Und er weiss, dass die Lage ernst ist, wenn ich bei ihm mit Verdacht auf Herzinfarkt einen Patrouilleur mit Defibrillator und Sauerstoff verlange.

In der Zwischenzeit beschäftige ich die Arbeitskollegen mit allerlei Tätigkeiten, damit diese keine Zeit haben, zu viel zu studieren. Ich selber nutze die Zeit, um Otto, dessen Zustand je länger je schlechter wird, noch einige Fragen zu stellen. Denn für die organisierte Rettung, die ihn eventuell nicht mehr bei Bewusstsein antreffen wird, kann es wichtig sein zu wissen, ob er Medikamente nehmen muss, Vorerkrankungen oder Allergien hat.

Nur zehn Minuten später ist der erste Patrouilleur vom Pistenrettungsdienst da. Sein Schneemobil versinkt im Neuschnee, er muss sich mit den Skiern zu uns durchkämpfen. Ich gehe ihm entgegen. Man kennt sich, wir begrüssen uns kurz. Dann schauen wir beide zum Himmel hinauf. Kann geflogen werden? Mir scheint, es sei in diesen Minuten ein bisschen heller geworden und die Sichtweite habe etwas zugenommen. Nun, in solch einem Fall geht probieren über studieren: Er ordert per Funk den Heli.

Ottos Bewusstsein ist mittlerweile getrübt, er ist kaum mehr ansprechbar. Dank dem Sauerstoff, den ein weiterer Patrouilleur in der Zwischenzeit gebracht hat, kann sein Zustand einigermassen stabil gehalten werden, wenn auch auf sehr tiefem Niveau. Es ist ‹fünf vor Zwölf›. Damit dies seinen Arbeitskollegen nicht bewusst wird, beschäftige ich sie weiter. Ein Helilandeplatz muss aus dem bodenlosen Tiefschnee gestampft werden. Und zwar schnell! Der Heli benötigt nur zehn Minuten von der Basis aus hierher. Die Truppe gibt Vollgas, alle schwitzen und keuchen. Ein Blick zum Patienten sagt mir, dass die Zeit drängt. Der Defibrillator liegt bereits offen und vorbereitet neben ihm. Hoffentlich kann der Heli anfliegen. Schon hören wir sein Rotorgeräusch. Und just in diesem Augenblick lockern sich die Wolken kurz auf, sodass er landen kann.

Otto wurde ins Kantonsspital Chur geflogen, wo er einige Zeit auf der Intensivstation bleiben musste. Ich erfahre später, dass es sich um einen mittelschweren Herzinfarkt gehandelt habe. Das Gefäss sei vollständig verschlossen gewesen. Nach dem Spitalaufenthalt stehen ihm noch einige Wochen Reha bevor.

Ob Folgeschäden zurückgeblieben sind, weiss ich nicht. Er hat sich leider bei mir nicht mehr gemeldet, obwohl die Firma meine Kontaktangaben hatte.

Schneeschuhtour zwischen Spitzmeilen und Fursch, Flumserberg

15

Entscheiden

Messerscharf zieht der weisse Grat hinauf.
Direkt in den stahlblauen Himmel hinein.
Modelliert von Schnee, Wind und Wetter.

Herrliche Natur in ihrer Vollendung,
gekrönt vom Gipfelkreuz.
Unser Ziel! Zum Greifen nah. Die weisse Gefahr? Weit weg.

Trotzdem sucht das Auge. Routiniert. Immer wachsam.
Und findet. Da! Dort! Also doch gefährlich?
Die Alarmzeichen häufen sich.
Verzicht? Nach der ganzen Mühe? So kurz vor dem Ziel?

Einen Entscheid zu treffen ist selten einfach.
Ein tiefer Atemzug, die kalte Luft macht den Kopf frei.
Die Augen verengen sich forschend.
Einzelne Teile fügen sich zu einem Bild zusammen.
Ein Blick in die erwartungsvollen Gesichter der
Gipfelaspiranten. Sich nicht beirren lassen. Neutrale Analyse.
Distanz. Fokus.
Richtig entscheiden erfordert Vertrauen in seine Urteilskraft
und seine Fähigkeiten. Innere Stärke und Ausgeglichenheit.

Wir kehrten um.
Zwei Stunden später wird der Leiter einer Skitourengruppe
von einer Lawine verschüttet.
Der Berg verzeiht keine Fehlentscheide.

 **16**

Haiti besucht den Flumserberg

Im karibischen Haiti schwanken die Tagestemperaturen zwischen tropischen 35° im Sommer und 31° im Winter. Deshalb ist die Schneeschuhwanderung zur Spitzmeilenhütte SAC auf dem Flumserberg für die kleine Gruppe Haitianer im Dezember 2008 eine besondere Herausforderung! Ich führe die dick eingepackten Haitianer gezwungenermassen im Zeitlupentempo durch die alpine Landschaft auf über 2'000 Meter über Meer. Für die wohlhabenden Plantagenbesitzer, die in der Nähe der Hauptstadt Port au Prince nahe dem Meer leben, eine fantastische Erfahrung. Ihre beinahe kindliche Freude steckt richtig an. Jeder Eiszapfen, jede Schneewächte muss fotografisch dokumentiert werden. Auch kleinste, für uns normale Dinge versetzen sie in grosse Begeisterung. Für jedes Foto werden Rucksack und Handschuhe ausgezogen und danach in umgekehrter Reihenfolge wieder angelegt. Da mit Handschuhen die Hüftriemenschnalle des Rucksacks nicht geschlossen werden kann, werden die Handschuhe nochmals aus- und danach wieder angezogen ...

Mit grosser Verspätung treffen wir in der neu renovierten, bewarteten Hütte ein. Sie ist sehr wohnlich eingerichtet, der Innenausbau modern und mit viel Holz, aber die Räume sind im Winter natürlich nicht geheizt. Der Herd in der Küche spendet jedoch genug Wärme, um zumindest die Hüttenstube einigermassen zu heizen. Die im ersten Stock liegenden Zimmer, die mit einzelnen Kajütenbetten ausgestattet sind, bleiben im Winter ziemlich kalt. Dank den wohlig warmen

Duvets hat man aber trotzdem nachts angenehm warm.

Ich zeige den Haitianern ihr Zimmer für die Nacht. Doch sie brechen in helles Entsetzen aus. Hier schlafen? In dieser Kälte? Unmöglich! Keine zwei Minuten später sind sie wieder in der warmen Hüttenstube unten. All meine Versuche, sie von den sehr warmen Duvets zu überzeugen, schlagen fehl. Ich merke, dass sie wirklich ernsthaft Angst haben, nachts in den Zimmern zu erfrieren. Ich spreche mit dem Hüttenwart. Wir sind die einzigen Gäste und so bekommen sie eine Ausnahmebewilligung: Sie dürfen Matratzen und Bettzeug in die warme Hüttenstube herunternehmen und die Nacht dort verbringen. Gesagt, getan. Am nächsten Morgen informieren sie uns dann aber, dass sie trotzdem ein bisschen gefroren hätten ...

Ein Jahr später bebt auf Haiti die Erde. Eine Katastrophe, die viele Landstriche total verwüstet und hunderttausende Tote fordert. Erschrocken stelle ich fest, dass das Epizentrum ganz in der Nähe des Wohnortes der Haitianer lag. Ich schicke ein Mail, frage, ob alles in Ordnung sei. Es ist nie eine Antwort gekommen.

Spitzmeilenhütte SAC, Flumserberg. Aufbruch zum Gipfel.

17

Bergtraum

Dieser Text ist entstanden für eine Lesung von Texten im Rahmen einer literarischen Veranstaltung in der Spitzmeilenhütte SAC, Flumserberg.

Winter. Der Spitzmeilen in seinem weissen Kleid. Zu seinen Füssen die unendlichen schneebedeckten Ebenen und schroffen Täler. Unberührt. Karg und leblos in der winterlichen Einöde. Das suchende Auge entdeckt keine Spuren, keine Anzeichen von Zivilisation. Doch! Plötzlich bleibt es an einem hölzernen Kubus hängen. Er thront hoch über dem Schilstal. Die Spitzmeilenhütte! Zuvorderst auf einer violetten Verrucano-Klippe, deren hartes Gestein dem Gletscher vor Jahrtausenden Widerstand geleistet hat. Dem schutzsuchenden Wanderer bietet sie Geborgenheit und Wärme auf über 2'000 Meter über Meer. Und ein idealer Ausgangspunkt, um die umliegenden Gipfel zu erwandern.

Frühmorgens. Ein klarer, kalter Wintertag bricht an. Das Morgenrot lässt die umliegenden Gipfel und Grate brennen. Die Hüttentüre geht auf und spuckt eine Gruppe dick vermummter Schneeschuhläufer aus. Schnell die Schneeschuhe anziehen, bevor die Finger in der Kälte gefühllos werden. Die Kappen tief ins Gesicht gezogen, dem kalten schneidenden Wind Paroli bietend, setzt sich die Gruppe in Bewegung. Einer Perlenkette gleich bewegen sich die acht Schneeschuhläufer gemächlich ihrem Gipfelziel zu, dem Wissmeilen.

Oberhalb des Mad. Halbzeit. Der Wind lässt nach und

weicht der Sonne, die hinter dem Hochfinsler aufgeht. Das Gipfelkreuz auf dem Spitzmeilen glänzt hell im Sonnenlicht. Die Sonnenstrahlen zaubern langgezogene Schatten der Wanderer auf die unberührte Schneefläche. Unwillkürlich gewinnt die eintönige Umgebung an Farbe. Orange. Gelb. Weich und warm ist plötzlich alles. Der frisch gefallene Neuschnee funkelt in der Sonne. Wir sind mittendrin in einem Meer aus Diamanten. Ein Traum? Nein, Realität! Ein Bergtraum.

Längst sind alle Schneeschuhläufer in einen rhythmischen, fast meditativen Trott gefallen. Kein Wort fällt. Friede. Der Alltag ist weit weg. Jeder hängt seinen Gedanken nach und geniesst die Stimmung. Jäh wird es steiler. Die Gipfelflanke wird zur Herausforderung. Einen Schritt vor den anderen setzen. Die Atemluft zaubert kleine Wölkchen in die klare Luft. Konzentrieren. Kampf mit der schlechten Spur, dem harstigen Schnee und dem inneren Schweinehund. Zweifel im Keim ersticken. Der Schweiss rinnt. Und dann – plötzlich: Zuoberst!

Erleichterung. Geschafft! Der Blick schweift frei über diese gewaltige Arena aus Schnee und Eis, Gipfel und Graten, tief eingeschnittenen Tälern und schroffen Felsen. Grenzenlose Freiheit. Das Herz weitet sich, die Lungen saugen gierig die frische, kalte Bergluft ein. Tödi, Ringelspitz und Sardona grüssen aus der Ferne.

Am wolkenlosen Himmel zieht ein Adler majestätisch seine Runden. Wenn die Schneeschuhläufer schon längst wieder zurück im Tal sind, wird er immer noch hier sein. Denn es ist sein Reich, in dem wir uns bewegen dürfen.

Mirjam Maag, 2013

TEAM – Toll, Ein Anderer Machts

Ich bin mit einer Wandergruppe unterwegs auf dem Vier-Quellen-Weg, der in fünf Etappen vom Oberalp-Pass über den Gotthard und das Tessin bis ins Wallis verläuft. Übernachtet wird in SAC-Hütten und Herbergen unterwegs.

Unser erstes Nachtlager schlagen wir in einer bewarteten SAC-Hütte am Weg auf. Ein Hüttenwartspaar in gesetzterem Alter ist unser Gastgeber heute. Auf dieser Hütte wirtet kein ganzjährig engagierter Hüttenwart, sondern viele Freiwillige der SAC-Sektion, der die Hütte gehört. So wechselt die Hüttencrew laufend, und es kommen immer wieder neue Sektionsmitglieder, die den Job als ‹Hüttnis› für einige Tage oder Wochen übernehmen.

Die Hütte mit einer Kapazität von 30 Betten ist nahezu voll belegt. Einen Grossteil der Gäste bildet unsere Gruppe mit 23 Personen. Bereits vor dem Nachtessen bitten mich deshalb die Hüttenwarte, ob wir später beim Abwasch helfen könnten. Natürlich sage ich sofort zu. In SAC-Hütten ist es bei Vollbelegung eine Selbstverständlichkeit, den Hüttenwarten beim Abtrocknen zu helfen.

Nach dem Nachtessen gibt der Hüttenwart das Stichwort und ich mache mich mit der Zweitwanderleiterin und zwei Freiwilligen aus unserer Gruppe auf in die Küche. Sie ist überraschend gross. Hier können viele Personen gleichzeitig arbeiten, was bei so kleinen SAC-Hütten nicht üblich ist. Gleich zwei grosse Spülbecken, nebeneinander angeordnet, eine grosse Ablagefläche und sogar ein ausladender Tisch mitten im Raum bieten viel Platz. Auf der Ablage neben den Spülbecken türmen sich riesige Stapel schmutziger Teller, Gläser, Schälchen, Tassen, Besteck und Töpfe.

Wir bewaffnen uns mit Abtrocknungstüchern und harren gespannt der Dinge, die da kommen werden. Doch es nimmt irgendwie alles einen etwas anderen Verlauf als erwartet. Der Hüttenwart geleitet mich zu den mit heissem Wasser gefüllten Spülbecken. Im linken ist das Wasser mit Spülmittel vermischt, im rechten ist klares, sehr heisses Wasser.

Er informiert: «Das linke Becken ist die Entfettungs-Station. Das rechte Becken ist das Steri-Becken. Und hier hat es Abwaschlappen und Bürsten. Hier Handschuhe.»

Aha, denke ich. Also abwaschen auch noch, nicht nur abtrocknen, wie es sonst üblich ist. Na super. Was macht er denn in der Zwischenzeit? Ich bin genervt, mache aber gute Miene dazu. Doch die Küchen-Einführung ist noch nicht fertig. Weiter geht es zu den Kästen und Schubladen. Er macht alle auf und zeigt den Inhalt. «Hier sind die Teller. Hier ist das Besteck. Hier die Töpfe.» Nun ja, das interessiert mich eigentlich nicht wirklich, denn ich habe nicht vor, auch noch alles zu versorgen. Kurze Zeit später ist uns so die ganze Küche erklärt worden.

Und dann? Tja, dann sind die Hüttenwarte und ihre zwei Hilfspersonen plötzlich wie vom Erdboden verschluckt. Und tauchen in den folgenden 1¼ Stunden auch nicht mehr auf. Ich schlucke meinen Ärger hinunter. Es ist der erste Abend einer fünftägigen Wanderung, da bin ich immer darauf bedacht, dass alles möglichst harmonisch abläuft. Es bringt jetzt nichts, einen grossen Aufstand vom Zaun zu brechen. Wir nehmen die ganze Situation gezwungenermassen von der lustigen Seite und verbringen also nach dem anstrengenden Wandertag noch eine geraume Zeit arbeitend in der Küche.

Ich stelle mich an die Spülbecken und merke sofort, dass das Wasser siedend heiss ist. Ohne Abwaschhandschuhe ist da nichts zu machen. Ich finde das einzige Paar, das für meine kleinen Hände passt. Wie ich kurz darauf feststelle, hat der rechte Handschuh ein Loch. Ständig füllt er sich mit Wasser, das mir dann den Arm entlang nach hinten bis zum Ellbogen läuft und von dort präzise auf die Wanderhose und die Füsse tropft.

Eine gefühlte Ewigkeit später haben wir die gesamte Küchenarbeit gemacht und alles Geschirr ist in den Kästen verstaut. Triefend nass vom Abwaschen kehre ich zurück zu meinen Gästen, die ich länger als gewollt im Stich lassen musste. Denn gerade am ersten Abend einer mehrtägigen Tour bin ich gerne bei den Gästen. Da tauchen manchmal Fragen auf, man lernt sich bei den lockeren Gesprächen besser kennen und die Gruppe fügt sich so ideal zusammen. Eine wichtige Voraussetzung für die folgenden Tage.

Meine nasse Kleidung nervt mich, denn auf Weitwanderung habe ich nicht mehrere Garnituren Kleider dabei. Hoffentlich sind die Sachen bis morgen wieder trocken. Mich nimmt bloss Wunder, was die Hüttenwarte und ihre Hilfspersonen in der Zwischenzeit gemacht haben. Ich forsche nach. Sie waren mit Wein, Kaffee und Zigaretten auf der Terrasse und machten sich einen schönen Abend! Sowas Unerhörtes habe ich in meinem gesamten Wander- und Bergsteigerleben noch nie erlebt. Dies ist an Frechheit wohl kaum zu überbieten.

Auch wenn man für Unterkunft und Essen bezahlt und somit Dienstleistungen wie beispielsweise Reinigung im Preis inbegriffen sind, ist die Mithilfe beim Abtrocknen (notabene nur beim Abtrocknen, nicht beim Wiederinstandstellen der gesamten Küche) eine Gefälligkeit den Hüttenwarten gegenüber. Vor allem auch, weil man sich so für den guten Service revanchieren kann. Doch leider liess auch dieser zu wünschen übrig: Die frühzeitig angemeldete Vegetarierin bekam nichts Vegetarisches, obwohl ich bei unserer Ankunft extra nochmals drauf hingewiesen hatte. Und die Teigwaren waren völlig verkocht, obwohl wir genau zur vorbestimmten Essenszeit verpflegt worden sind und das Timing somit gestimmt hätte.

Später erfuhr ich, dass die Hüttenwartin früher als Kochlehrerin tätig gewesen sei ...

Vier-Quellen-Weg: Rhônegletscher, Quellgebiet der Rhône

Dä Axe-Wisl

Urnerland, Ober-Axen. Am Eingang zum noch ursprünglich gebliebenen Schächental wandern wir in den letzten Schweizer Wildheuergebieten auf schmalen Pfaden und entlang steiler Hänge. Die Magerwiesen blühen in ihrer ganzen Pracht, die fantastische Aussicht reicht vom türkisgrünen Urnersee bis zu den schneebedeckten Alpengipfeln. Unterwegs treffen wir auf eine einfache kleine Alphütte. Sehr abgelegen klebt sie einsam auf einem schmalen ebenen Wiesenstreifen mitten im steilen Gelände. Das dunkle, verwitterte Holz lässt darauf schliessen, dass sie schon viele Jahre auf dem Buckel hat.

Es scheint jemand da zu sein, denn einem handgeschriebenen Aushang an der Hüttenwand entnehmen wir, dass hier Getränke gekauft werden können. PET-Flaschen und Kaffee. Sogar einige Sitzbänke hat es, wenn auch nicht genug für unsere grosse Gruppe, die etwa 20 Wanderer umfasst. Perfekt für eine Pause. Aus der Hütte kommt ein betagter Alpöhi wie er im Buche steht. Buschiger weisser Vollbart, rote Backen, kariertes Hemd und Hosenträger. Auf dem Kopf ein Filzhut. Verschmitzte wache Äuglein mustern unsere Wandergruppe unter der Hutkrempe hervor. Fast scheint mir, er sei ein bisschen überfordert, dass hier, an diesem einsamen Plätzchen, plötzlich so viele Leute auftauchen.

Ich frage ihn nach weiteren Sitzgelegenheiten, und er setzt sich gemächlich in Bewegung. Aus dem benachbarten Stall zaubert er nach und nach weitere Sitzbänke hervor und sogar einige Kissen. Ich frage ihn nach seinem Namen. «Man nennt mich einfach dä Axe-Wisl», meint er bescheiden und widmet sich dann den ‹Kaffee Spezial›-Bestellungen, die er gewissenhaft und mit viel Schnaps in seiner kleinen Küche ausführt. Ich werfe einen Blick hinein. Karge Einrichtung, im hinteren Teil brennt ein Feuer im zweiflammigen Holzherd. Urchig und ursprünglich, hier scheint die Zeit vor 100 Jahren stehen geblieben zu sein. Er fühle sich wohl hier und sei gerne alleine, erzählt er. Mit dem Wiibervolch könne er nicht so viel anfangen, meint er, und lässt den Blick über die fast nur aus Frauen bestehende Wandergruppe schweifen. Ein bisschen viele Wiiber auf einmal, spricht aus seinem wettergegerbten Gesicht.

Schliesslich taut er aber auf und wird immer zugänglicher und gesprächiger. Er erzählt vom harten und gefährlichen Leben der Wildheuer, der Einsamkeit hier oben und der schwierigen Bewirtschaftung der steilen Hänge. Gespannt lauschen wir seinen Ausführungen. So authentisch und in unübertroffenem Urner Dialekt macht es besonderen Spass, Details über diese spezielle Region zu erfahren.

Bald müssen wir wieder aufbrechen. Nur ungern verlassen wir dieses kleine Juwel und den Alpöhi, der uns allen noch lange in Erinnerung bleiben wird.

Und dä Axe-Wisl muss sich sicher erst mal vom Wiibervolch erholen ...

20

Freiheit

Ausbrechen aus dem Hamsterrad.
Raus. Rauf. Immer weiter. Immer höher.
Den Wind in den Haaren spüren.
Die Gedanken werden weit.

Zuoberst auf dem Gipfel. Befreiung.
Keine Grenzen. Freie Sicht.
Unendliche Weite. Freiheit einatmen.
Nur Du und der Berg.

Hier oben existieren nur die Regeln,
die der Berg Dir vorgibt.
Wieso gehst Du wieder runter,
zurück ins Hamsterrad?

Blick über das Schächental zu den Glarner Alpen

21

Diebstahl mit weitreichenden Konsequenzen

Eine abwechslungsreiche Wanderwoche in Mallorcas Nordwesten neigt sich ihrem Ende zu. Zurück in die Schweiz werden wir erst im Verlauf des Nachmittags fliegen. Dies ermöglicht es uns, am Morgen noch durch den authentischen und farbenfrohen grossen Wochenmarkt im Nachbardorf zu schlendern. Da man mit verschiedenen Verkehrsmitteln und zu unterschiedlichen Zeiten zum Markt gelangen kann, vereinbaren wir nur eine Zeit, wann wir uns vor dem Hotel wieder treffen, um mit einem Spezial-Transferbus zum Flughafen abzufahren. So kann jeder die verbleibende Zeit frei einteilen, nachdem das Hotelzimmer geräumt und der Zimmerschlüssel abgegeben ist. Jedoch ermahne ich die Leute, dass sie auf ihre Wertsachen aufpassen sollen. Denn da wir die Zimmer bereits abgeben müssen, tragen wir gezwungenermassen alle Wertsachen und Ausweise auf uns und können sie nicht mehr im Safe belassen. Und dies ausgerechnet im Gedränge eines Marktes. Alle sollen das Portemonnaie in der Unterhose verstauen, rate ich, was natürlich prompt Gelächter hervorruft. Dies war aber von mir beabsichtigt, damit ich gleich nochmals eindringlich auf die Diebstahlsgefahr hinweisen kann.

Als wir uns nach dem Marktbesuch zur vereinbarten Zeit wieder auf der Hotelterrasse treffen, ist ein älterer Gast namens Kurt ganz aufgelöst. Auch seine Frau ist in heller Aufregung. Ihm sei das Portemonnaie auf dem Markt gestohlen worden. Die Identitätskarte, die wir natürlich für den Flug brauchen, sei auch drin gewesen. Na super, es handelt sich genau um das ältere Paar, das an meiner Bergpredigt nicht dabei war. Sich zu ärgern, bringt jetzt aber nichts. Denn in zweieinhalb Stunden hebt das Flugzeug ab! Der Transferbus für unsere Gruppe wartet bereits. Ich muss schnellstens irgendwas unternehmen, damit Kurt die nötigen Dokumente für die Ausreise aus Spanien bekommt. Denn auf den spanischen Flughäfen muss man sich zweimal ausweisen: Am Checkin-Schalter und nochmals beim Einsteigen ins Flugzeug als rechtmässiger Inhaber der Bordkarte. Ohne Pass oder Identitätskarte geht somit gar nichts. Während die Gruppe alleine mit dem Bus zum Flughafen fährt, rufe ich ein Taxi. Zum Glück ist es nur Minuten später da und bringt Kurt und mich ins grössere Nachbardorf, wo sich der Posten der Policia Local befindet. Ich schildere unser Problem und bin froh, mich einigermassen auf Spanisch verständigen zu können, da der Beamte keine andere Sprache spricht. Ich rechne mit allem, während ich gespannt auf das weitere Vorgehen warte. Denn ich habe im Verlaufe meiner unzähligen Spanien-Aufenthalte schon viele Schauermärchen von anderen Geschädigten gehört, was solche Fälle betrifft.

Doch es verläuft alles reibungslos. Der Beamte stellt mir einen Computer hin, an dem ich ein Formular ausfüllen kann. Es sind sechs Sprachen wählbar, darunter auch Deutsch. So ist es für uns ein Leichtes, die nötigen Angaben einzufüllen. Er druckt das Formular, das zugleich der Rapport ist, aus und stempelt es ab. Mit diesem nun amtlichen Dokument komme man problemlos durch den Zoll und ins Flugzeug, meint der Beamte. Wunderbar, das ging aber schnell und unkompliziert! Ich sehe nun doch wieder eine Chance für Kurt, den Flieger noch zu erwischen. Das Taxi hat vor dem Polizeiposten mit unserem Gepäck auf uns gewartet und fährt uns nun zügig in

Richtung Flughafen. Dort stürmen wir in die Abflughalle zu den Checkin-Schaltern und sehen – den Rest der Gruppe, der brav in der Kolonne wartet und erstaunt ist, uns bereits wieder zu sehen! Tatsächlich gibt es dann keine weiteren Probleme und Kurt kommt wohlbehalten in der Schweiz an.

Tramuntana-Gebirge Mallorca mit dem höchsten Gipfel Puig Major

Mit dem Bügeleisen auf der Wanderung

Wir sind sechs Tage im Schwarzwald unterwegs auf dem Schluchtensteig. Diese Weitwanderung führt uns abwechslungsreich durch tiefe Schluchten und über liebliche Hügel. Und natürlich auch immer wieder durch die dichten Schwarzwälder Forste. Wir übernachten jeden Tag in einem anderen Hotel und können einen Gepäcktransport von Unterkunft zu Unterkunft in Anspruch nehmen, sodass wir nur mit einem leichten Tagesrucksack unterwegs sind.

Mit in der Gruppe ist auch eine deutsche Wanderin. Sie wollte schon lange mal den Schluchtensteig begehen und nimmt die Gelegenheit nun wahr. Alleine getraue sie sich nicht so richtig, dehalb sei das Angebot einer geführten Tour für sie sehr praktisch, meint sie. Mit uns Schweizern kann sie es aber nicht so richtig. Sie ist wohl freundlich, aber sehr zurückhaltend und kommt uns manchmal seltsam entrückt vor. Am fakultativen Abendessen, das nicht im Preis inbegriffen ist und das wir jeweils spontan nach Vereinbarung in einem Restaurant des jeweiligen Ortes einnehmen, nimmt sie nie teil.

In den Hotels haben wir meist Doppelzimmer. Ich frage die Zimmerkollegin der Deutschen, ob alles in Ordnung ist, da ich befürchte, dass es eventuell Probleme geben könnte. Alles prima, antwortet sie. Aber sie müsse schon manchmal staunen. Zum Beispiel habe die deutsche Frau ihr ganzes Gepäck voller Esswaren, und während wir im Restaurant zu Abend essen, esse sie im Zimmer von ihren abgepackten Vorräten.

Muss sie so sehr aufs Geld achten? Dann aber hätte sie die Wanderreise sicher bei einem deutschen Veranstalter gebucht, denn mit dem schlechten Eurokurs sind wir Schweizer Anbieter kaum konkurrenzfähig. Das zusätzliche Gewicht ist auch nicht unerheblich. Aber wir haben Gepäcktransport, es spielt also trotz dem Weitwander-Charakter der Tour keine Rolle, wie schwer das Gepäck ist.

Am nächsten Tag berichtet die Zimmerkollegin, dass die deutsche Wanderin sämtliches Wasser zum Trinken unterwegs abkoche. Sie habe extra einen Wasserkocher dabei und bestehe darauf, dass das unbedingt nötig sei. Ausgerechnet im Schwarzwald, wo das Wasser aus dem Wasserhahn eine sehr gute Qualität hat. Die deutsche Frau wohnt nur knapp 200 km entfernt vom Schwarzwald, und die Trinkwasserversorgung in ganz Deutschland ist überall tadellos.

Wiederum einen Tag später kommt uns dann folgende Begebenheit zu Ohren: Das Wichtigste nach der Ankunft im Zimmer sei jeweils das Bügeln ihrer Kleider. Dafür reisse sie jeweils das Bettzeug von der Matratze und bügle auf der nackten Matratze mit einem mitgebrachten Bügeleisen ihre Sachen. Nun ja, ein bisschen verknittern sie ja schon im Koffer drin. Aber die Frau ist jeweils einfach gekleidet und es scheint mir, als lege sie keinen speziellen Wert auf ihr Äusseres. Und wir sehen als Wanderer auch nicht gerade wie aus dem Ei gepellt aus. Zudem sind die gewählten Unterkünfte Mittelklasse-Hotels, die sich auf den Wandertourismus eingestellt haben.

Die Frau gibt uns wirklich Rätsel auf. Wir können uns bis zum Schluss keinen Reim auf das Ganze machen.

23

Wenn es in Südeuropa regnet, dann richtig

Dies mussten wir erfahren bei einer Durchquerung von Mallorcas Tramuntana-Gebirge. Die gesamte Weitwanderung von der Nordost- zur Südwestküste dauert etwa zwölf Tage, wovon wir eine Woche absolvieren. Übernachtet wird in Berghütten unterwegs. Wir sind im September unterwegs, eigentlich ein wettermässig recht stabiler Monat. Doch wir haben Pech und werden von Anbeginn täglich verregnet. Die Stimmung in der Gruppe ist trotzdem sehr gut, was wohl nicht zuletzt an der herrlichen Landschaft und den tollen Ausblicken auf die schroffen Gebirgszüge und das tosende Meer liegt.

Wir haben am vierten Tag im Refugi Muleta übernachtet, das in einzigartiger Lage direkt bei einem Leuchtturm hoch oben auf der senkrecht abfallenden wilden Meeresküste thront. Nun sind wir der zerklüfteten Westküste entlang auf alten Pilgerwegen unterwegs nach Deià, einem kleinen pittoresken Künstlerdorf. Und wieder öffnet der Himmel seine Schleusen. Mir kommt es vor, als stünde ich unter der Dusche. Unglaublich, welche Mengen an Wasser da von oben kommen. Der gesättigte Boden kann das zusätzliche Nass nicht mehr aufnehmen und die Wege verwandeln sich zunehmend in Bäche. Einige Kilometer vor Deià müssen wir mehrere ansteigende Wegabschnitte zurücklegen, wo uns ein richtiger Fluss entgegenrauscht. Die Böschungen des etwa einen halben Meter breiten Weges sind steil, der Weg verläuft in einer Art Graben. Somit können wir nicht auf die Seiten ausweichen und müssen direkt im Fluss drin laufen. Die braune Brühe staut sich an den Wanderschuhen und sucht sich ihren Weg über diese hinweg. Es macht sich Camel-Trophy-Feeling breit und die Durchhalteparole wird ausgegeben. Prima, die Wanderschuhe werden wohl nie mehr trocknen! Doch das spielt eigentlich keine Rolle mehr, denn auch sonst sind wir triefend nass bis auf die Haut. Die Regenkleider und auch die Rucksack-Regenüberzüge sind nicht für solche niederprasselnde Wassermassen ausgelegt.

So sind wir dann sehr erleichtert, als die Berghütte in Sicht kommt. Wohl wird heute wieder Kleider und Schuhe trocknen als Hauptbeschäftigung vorherrschen, wie schon am vergangenen Nachmittag im Refugi Muleta. Dort nächtigten wir alle zusammen in einem grossen Raum mit etwa zwanzig Stockbetten. Es wurden eifrig Schnüre kreuz und quer durch den Raum gespannt und von den Unterhosen über die Socken und sämtliche Kleider bis zu den Wanderkarten alles Mögliche zum Trocknen darüber gehängt. Es entstand ein veritabler Dschungel, durch den es sich zu schlängeln galt, bis man an seinem Bett angekommen war! Die Szenerie war so grotesk und ungewohnt, dass ich dieses Bild wohl nie mehr vergessen werde!

Schlafraum Refugi Muleta, Port Soller, Mallorca

 **24**

Telefon-Nummer 144, dein Freund und Retter?

Einleitender Text auf der Homepage www.Notruf144.ch (Zitat): «Mit einem Anruf auf die Telefonnummer 144 – ob zuhause oder unterwegs – kann jede Person rasch und effizient Hilfe bei allen medizinischen Notfällen anfordern.»

Jeder kennt diese Telefonnummer. Bei medizinischen Notfällen wählt man 144. Und erwartet eigentlich, dort Hilfe anfordern zu können. Oder doch nicht? Ich jedenfalls habe das Vertrauen in diese Nummer verloren.

Wir sind in der Nähe von Sargans am Klettern. In der Route neben uns klettert ein älteres Paar, Hermann und Rosalie. Ich kenne die beiden aus der Kletterhalle, wo wir manchmal miteinander klettern und auch die Kletterpartner tauschen. Rosalie steigt gerade vor. Mir ist ihr Niveau bekannt, diese Route ist am oberen Limit für sie. Ich sichere Andreas, meinen Kletterpartner, der im Vorstieg beim dritten Haken angelangt ist. Rosalie in der Nachbarroute ist schon etwas weiter, als sie unglücklich abrutscht und ins Seil stürzt. Im Fallen dreht sie sich und schlägt mit geradem Rücken und dem nicht behelmten Kopf an der senkrechten Wand auf. Sieht nicht gut aus, denke ich, denn ich habe aufgrund des Blickwinkels zu meinem Kletterpartner ihren Sturz vollumfänglich mitverfolgen können.

Sie hängt regungslos und benommen im Seil. Ein leises klagendes Jammern ist zu hören. Tönt gar nicht gut. Ich schaue zu den anderen Kletterern hinüber, man kennt sich.

Doch dieses Mal ist der kletternde Arzt grad nicht da. Mein Kletterpartner und ich verständigen uns abzubrechen, und ich lasse ihn am Seil wieder hinunter zum Boden. Hermann hat inzwischen begonnen, die immer noch bewegungslos im Seil hängende Rosalie langsam, Zentimeter für Zentimeter abzulassen. Sie ist nicht fähig, sich von der Wand abzustossen und schrammt ihr entlang langsam nach unten, bis sie schliesslich am Wandfuss ankommt. Wir betten sie einigermassen bequem auf den Boden. Gleichzeitig wählt Hermann die Notrufnummer 144. Wir brauchen einen Krankenwagen, ihr Bewusstsein ist getrübt und eine Besserung bisher nicht eingetreten. Am Kopf hat sie eine stark blutende Wunde. Verletzungen an der Wirbelsäule kann ich, da ich den Sturz gesehen habe, mit ziemlicher Sicherheit ausschliessen. Sie ist mit geradem Oberkörper an der Wand aufgeschlagen, nur der ungeschützte Hinterkopf ist etwas unsanft auf den Fels geprallt.

Einige Kletterer kümmern sich mit einem Erste-Hilfe-Set um die Kopfwunde. Ich schaue mich nach Hermann um, der gerade das Telefongespräch beendet. Ich sehe sofort, dass er völlig konsterniert ist. Was ist passiert? Später wird klar, dass sein Handy aufgrund der Nähe zum Fürstentum Liechtenstein im liechtensteinischen Netz eingeloggt war und der Notruf somit direkt zum Spital Vaduz (Sitz der Liechtensteiner Notrufzentrale) geleitet worden ist. Und die haben ihm beschieden, dass sie im Moment keinen freien Krankenwagen hätten. Seiner Bitte, den Anruf zum Spital Grabs gegenüber auf Schweizer Seite weiterzuleiten, kamen sie aus technischen Gründen nicht nach. Fazit: Wir kriegen keine Hilfe und sind also gleich weit wie vorher. Unglaublich.

Rosalie ist immer noch völlig desorientiert und klagt, schreit, winselt und weint abwechslungsweise. Den Umstehenden wird angst und bange. Sie kann nicht sitzen, geschweige denn stehen. Zwar hat sie nie das Bewusstsein verloren, aber sie muss trotzdem ins Spital. Ein Schädel-Hirn-Trauma erfordert Behandlung und vor allem Beobachtung über einen längeren Zeitraum. Es muss etwas passieren und zwar sofort.

Mein Auto ist so umgebaut, dass eine Person bequem liegen kann. Rasch entscheiden wir, sie mit dem Auto ins nahe gelegene Spital Grabs zu fahren. Hermann fährt auf dem Rücksitz mit und betreut sie während der Fahrt. Sie wimmert und schreit unablässig; ich muss mich enorm zusammenreissen, um mich aufs Fahren konzentrieren zu können. Grenzwertig, was wir da fabrizieren, schiesst mir durch den Kopf. Kurze Zeit später rennen wir in die Notaufnahme, immer noch mit den Klettergurten um die Hüfte, an denen munter Karabiner und Express-Schlingen klimpern. Ziemlich surreal, wie uns erst jetzt so richtig bewusst wird.

Sie muss schliesslich noch zwei Tage zur Beobachtung bleiben, wird aber wieder vollständig genesen. Und die Moral der Geschichte?

- Klettere nie ohne Helm.
- Vertraue nie darauf, dass du Hilfe von der Notrufzentrale bekommst.
- Konzentriere Dich als Fahrer strikte auf die Strasse, auch wenn hinter Dir im Auto grad die Hölle los ist.

Andere Länder, andere Sitten

Wir sind unterwegs auf der Tour Mont Blanc, einer Weitwanderung, die in gut einer Woche rund um das Mont-Blanc-Massiv herum führt. In der Schweiz gestartet, sind wir nun bereits auf französischem Boden und streben Chamonix zu, das wir aber erst am folgenden Tag erreichen werden. Heute übernachten wir in einem kleinen Dorf in einer urchigen Unterkunft. Im traditionell aus Holz gebauten grossen Chalet ist keine Ecke rechtwinklig. Alles ist schief und schräg, strahlt aber wohl gerade deshalb Charme und Gemütlichkeit aus. Die Betreiber sind unkomplizierte Bergfreunde, die das Anwesen gut in Schuss halten. Eine ideale Wandererunterkunft also.

Sogar eine Duschgelegenheit gibt es, was wir uns natürlich nach der langen und schweisstreibenden Etappe nicht entgehen lassen. Als Badetuch nehme ich jeweils nur ein kleines Geschirrtuch mit. Denn bei Weitwanderungen trägt man alles auf dem Rücken mit sich, da kommt einiges an Gewicht zusammen. Die Erfahrung hat gezeigt, dass ein Geschirrtuch leicht ist, zum Abtrocknen nach dem Duschen reicht und danach auch schnell wieder trocken ist. Nun hängt das weissgrün gestreifte Tuch zum Trocknen draussen auf der Terrasse über dem Gartenzaun, während wir die letzten Sonnenstrahlen bei einem wohlverdienten Bier geniessen. Schliesslich ist es Zeit zum Nachtessen, ich will vorher noch schnell mein Badetuch holen. Doch es hängt nicht mehr über dem Gartenzaun. Ich suche überall danach, frage sogar meine Gäste, aber es bleibt verschwunden. Ich habe mich schon damit abgefunden, mich in den nächsten Tagen mit einem T-Shirt abtrocknen zu müssen, da entdecke ich es: Es hängt fein säuberlich – in der Küche! Die Küchenmannschaft hat es wohl als geeignetes Objekt erkannt und vereinnahmt.

Einige Tage später überqueren wir die französisch-italienische Grenze mit herrlichem Blick zum Gipfel des Mont Blanc. Die Nacht verbringen wir im Rifugio Elisabetta, einer italienischen Berghütte. Uns wird das enge, kalte und feuchte Massenlager, das auch als Winterraum benutzt wird, zugewiesen. Die Liegeflächen sind dreistöckig übereinander angeordnet, klettern ist also angesagt. Die oberste Ebene ist nur etwa 50 cm von der Decke entfernt. Auch sonst ist die Hütte klein und eng, doch wir sind froh, hier überhaupt eine Unterkunft zu haben. Nach dem Nachtessen möchten wir gerne noch gemütlich beieinander sitzen. Die Weinflaschen sind noch gut gefüllt und ins kalte und feuchte Massenlager zieht es vorerst noch niemanden. Doch die Wirtin wirft uns aus der Gaststube raus. Da es doppelt so viele Schlafplätze wie Sitzplätze hat, wird in zwei Sitzungen gegessen, was uns bisher nicht bewusst war. Wir packen konsterniert unsere Weinflaschen und verlassen ziemlich verdattert die Gaststube. Was nun? Der einzige weitere Raum ist der Schuhraum und dort müffelt es penetrant. Also ganz raus auf die Hüttenterrasse, trotz der abendlichen Kälte. Wir sind immer noch ziemlich erstaunt und auch etwas verärgert ob dem ungewohnten Verlauf des Abends, beschliessen aber, uns nicht unterkriegen zu lassen. Jemand stimmt ein Berglied an. Die anderen fallen ein. Schliesslich singen wir eine ganze Stunde lang auf der kalten Terrasse. Eine heitere Stimmung macht sich breit. Dank der erhöhten Lage der Hütte schweift unser Blick ungehindert über den benachbarten Gletscher und die weitläufige, Tundraartige Hochebene. Ein berührender, aussergewöhnlicher Moment. Uns wird warm ums Herz und dies nicht nur wegen dem Wein. Erstaunlich, wie sich manchmal alles doch noch zum Guten wendet!

Blick zum Gletscher oberhalb des Rifugio Elisabetta, Mont-Blanc-Massiv

26

Zufrieden

Nach einer langen, anstrengenden Bergtour sitzen wir draussen auf der Bank vor der Hütte.
Im letzten Abendlicht. Spüren die noch sonnenwarme Hüttenwand im Rücken.
Körper und Geist müde, aber auch überaus zufrieden.
Ein gutes Gefühl.
Wir geniessen den Moment. Wohl wissend, dass wir diesen flüchtigen Zustand unendlicher Zufriedenheit nicht halten können.

Oder doch?

Der Berg lehrt uns Geduld und Gelassenheit.
Unsere Grenzen zu erkennen und zu akzeptieren.
Loszulassen, wenn das Ziel nicht mehr erreichbar ist.
Nicht nur am Berg, sondern auch im Leben.
Nur so finden wir den inneren Frieden.
Als Schlüssel zu langfristiger Zufriedenheit.

Zufriedenheit kann man nicht erwerben,
sondern man findet sie.
Zum Beispiel in den Bergen.

27

Gefrorenes Fondue

Winter auf dem Flumserberg. Es ist ausserordentlich kalt, die Temperaturen sind auch tagsüber im zweistelligen Minusbereich. Am frühen Abend steht ein Anlass auf dem Programm. Die BERGTRÄUME GmbH hat sich neben Wanderungen und Schneeschuhtouren darauf spezialisiert, Firmen- und Vereinsanlässe zu organisieren und durchzuführen. Heute müssen wir für eine Firma ein Outdoor-Fondue veranstalten. ‹Outdoor› heisst draussen – auf einer Lichtung mitten zwischen verschneiten Tannen. In der Nähe bietet eine auf zwei Seiten offene Rastplatzhütte mit Bänken und Tischen etwas Wind- und Kälteschutz. Wir nutzen jeweils einen der Tische, um ein improvisiertes Buffet mit Brot, extralangen Teleskopgabeln, Wein, Tee und Zubehör aufzubauen.

Ich bin schon frühzeitig vor Ort und bereite einige Feuer vor, über die dann später die Kessel mit dem Fondue gehängt werden. Es ist wirklich sehr kalt heute; ich kann mich nicht erinnern, dass es schon jemals so kalt war bei einem solchen Anlass. Kurze Zeit später treffen die Gäste ein. Nach der Begrüssung und Erklärung, wie der Event ablaufen wird, fange ich an, das Fondue zu kochen. Die Gäste bedienen sich währenddessen mit Wein – oder möchten es zumindest: Denn der Wein ist in der Zwischenzeit nahezu eingefroren! Jetzt gilt es zu improvisieren. Ich zünde ein weiteres Feuer an und schmelze in einem zusätzlichen Kessel Schnee, sodass wir den Wein in diesem Wasserbad auftauen können. Ein Gast wird als Feuer- und Weinwache eingeteilt. Die Gäste finden alles sehr amüsant, ich natürlich weniger. Denn als ich die laufenden Konsumationen mit einem Kugelschreiber auf einem Blatt Papier für die spätere Abrechnung notieren will, stelle ich fest, dass der Kugelschreiber auch eingefroren ist ...

Es dämmert, die Nacht ist nicht mehr weit. Nebst den vielen bereits brennenden Kerzen will ich noch rasch zwei Gaslampen anzünden, die das Buffet beleuchten sollen. Denn das Fondue ist nun bereit, es kann losgehen. Doch das Gas in den Kartuschen ist mittlerweile ebenfalls gefroren, heute muss es also nur mit Kerzenlicht gehen. Viel schlimmer kann es nicht mehr kommen, denke ich. Doch weit gefehlt: Denn nun berichten die Gäste, dass in der Zwischenzeit das Brot eingefroren ist!

Die Gäste sind mittlerweile in beinahe euphorischer Stimmung ob dem kältebedingten Schlamassel. Sie finden das Ganze extrem abenteuerlich und lustig. Noch selten habe ich eine so heitere Gruppe zu Gast gehabt – notabene ohne grosses Zutun von Alkohol!

Outdoor-Fondue, Flumserberg. Buchbar bei www.Bergträume.ch

 **28**

Feuer und Wodka – eine explosive Mischung!

Es ist Winter. Für eine russische Firma muss ich eine Fackelwanderung organisieren. Die 30 besten Verkäufer aus allen russischen Landesteilen wurden von der Firmenleitung zu einer Ferien- und Seminarwoche in ein Hotel auf den Flumserberg eingeladen. Nun soll an einem Abend vor dem Nachtessen noch eine Fackelwanderung stattfinden. Es ist bereits dunkel; ich beabsichtige, mit ihnen auf den präparierten Winterwanderwegen oberhalb des Bergdorfes Tannenbodenalp eine Runde zu machen.

Als ich die Gäste im Hotel abhole, haben wir zuerst mal ein Kommunikationsproblem. Denn sie sprechen weder Deutsch noch Englisch. Schliesslich finde ich eine Frau, mit der ich mich in diesen Sprachen einigermassen verständigen kann. Der Hotelier, der gleichzeitig als Koch amtet, ist überrascht. Die Firma, die sein ganzes Hotel belegt, hat ihn nicht über diese Fackelwanderung vor dem Nachtessen informiert. Schnell verschwindet er in der Küche, wohl, um die Pfannen vom Herd zu nehmen. Denn die Dauer der Wanderung ist auf etwa eine Stunde veranschlagt, was beim Kochen eine nicht unerhebliche Rolle spielt!

Es dauert, bis alle abmarschbereit vor dem Hotel stehen, wohl auch deshalb, weil einige schon ziemlich angeheitert sind. Die vereinbarte Startzeit haben wir bereits überschritten. Ich will nun zügig vorwärtsmachen und anfangen, jedem eine Fackel zu geben. Doch die Russen haben anderes im Sinn. Plötzlich tauchen von irgendwoher Champagnerflaschen und

Gläser auf. Zuerst mal wird getrunken. Ausgiebig. Na, das kann ja heiter werden. Ich finde heraus, dass einer der Russen Geburtstag hat. Schliesslich können wir abmarschieren. Alle haben eine brennende Fackel in der Hand. Doch schon nach zehn Minuten Gehzeit muss ich weitere zehn Minuten Pause machen, da ein Teil der Gruppe bereits etwas zurückgeblieben ist. Trotz Ermahnung geht es in diesem Rhythmus weiter, der Zeitplan kommt völlig durcheinander. Ich denke an den Koch in der Hotelküche. Der Ärmste wird wohl alle Asse aus dem Ärmel ziehen müssen, damit seine vorbereiteten Speisen nicht verkochen. Nachdem ich wieder mal geraume Zeit auf die Letzten gewartet habe, sehe ich trotz der Dunkelheit, wie einige Wodkaflaschen kreisen. Die Stimmung ist mittlerweile sehr angeheitert, es werden diverse Lieder vielstimmig zum Besten gegeben. Na prima, und sie haben eine brennenden Fackel in der Hand. Die heutigen Kunstfaser-Textilien sind teilweise extrem leicht entflammbar, hoffentlich passiert da nichts!

So bin ich dann doch ziemlich erleichtert, als wieder die ersten Häuser des Dorfes in Sicht kommen. Doch die Gruppe ist jetzt dank des hohen Alkoholpegels so richtig in Fahrt. Die Arme werden untergehakt und es wird lautstark und ausgelassen drauflos gesungen. Sie klingen sehr melodisch, diese russischen Lieder, aber ich befürchte, dass sich die Feriengäste in den Häusern gestört fühlen. Ich sehe, wie sich die Vorhänge an den Fenstern bewegen. Da und dort tauchen sogar Leute auf den Balkonen und Terrassen auf, wohl um zu sehen, was da vor sich geht. Mir ist das Ganze ziemlich peinlich. Zum Glück ist es dunkel, sodass man nicht genau sieht, wer die Gruppe leitet. Im Schneckentempo und mit geraumer Zeitüberschreitung erreichen wir wieder das Hotel. Ich war noch nie so froh, eine Gruppe wieder los zu sein!

29

Marotten der Wanderleiterin

Jeder hat so seine Marotten. Bei mir ist es seit 2003 das Glacé. Die selbstauferlegte Regel besagt, dass ich nur ein Glacé essen darf, wenn ich am betreffenden Tag gewandert bin. Ansonsten ist dies verboten, denn ich muss auf meine Linie achten. Deshalb ist an einem Wandertag die Vorfreude auf das nachmittägliche Eis natürlich immer gross. Und sobald wir nach der Wanderung in der Unterkunft angekommen sind, findet man Mirjam meistens auf der Terrasse vor einem feinen Coupe. Und die Enttäuschung ist jeweils immens, wenn kein Glacé erhältlich ist. Dies kommt bei Berggasthäusern und vor allem Hütten vor, da kein Tiefkühler vorhanden ist oder der Transportweg für Tiefgekühltes zu lange wäre. Für mich bei der Rekognoszierungstour also ein wichtiger Punkt, den es im Vorfeld abzuklären gilt, um dann später die Enttäuschung in Grenzen halten zu können!

Weniger eine Marotte, sondern vielmehr ein praktisches Utensil ist meine in der Zwischenzeit weiterhum bekannte schwarze Schlafkappe. Diese ist seit vielen Jahren immer mit dabei, wenn wir in Massenlagern übernachten. Denn ich kann nicht gut schlafen, wenn es nicht stockdunkel ist. Und das ist es in Massenlagern selten. Ein offenes Fenster ohne Fensterläden davor oder die diversen nächtlichen Toilettengänge, die ausgiebig mit der Taschenlampe ausgeleuchtet werden müssen, haben mich früher immer geweckt. Seither ziehe ich beim Einschlafen diese Kappe über den Kopf bis ans Kinn und schlafe herrlich bis am Morgen.

Dass dies etwas speziell aussieht, war mir anfangs gar nicht bewusst. Eine amüsante Begebenheit trug sich in einer spanischen Berghütte zu. Wir hatten uns gerade schlafen gelegt; die letzten Nachzügler raschelten noch mit ihren Plastiksäcken, vermischt mit gelegentlichem Lachen und unterdrücktem Gemurmel. Ich war bereits am Dösen und versuchte, mich durch diese Geräusche nicht vom Einschlafen abhalten zu lassen. Doch das Gelächter wurde immer lauter und vielstimmiger. Schliesslich hob ich die Kappe an um herauszufinden, was so lustig sei. Und stellte überrascht fest, dass alle mich anschauten und die Verkleidung als Henker sehr erheiternd fanden ...

30

Beruf oder Berufung?

Immer wieder höre ich: «Oh, du hast es schön, das ist ja ein toller Beruf!» Doch ganz so toll, wie es von aussen wahrgenommen wird, ist es nicht. Natürlich gibt es schöne Momente, Interessantes, Bereicherndes. Aber man darf nicht vergessen, dass diese Tätigkeit selten ein Zuckerschlecken ist, auch wenn es auf den ersten Blick als solches erscheint. Ich bin ständig mit Organisieren, Vorausdenken und Planen beschäftigt, vor allem vor und nach der Wanderung. Mehrtageswanderungen werden so zu arbeitsintensiven Tagen vom Aufstehen bis zum Ins-Bett-Gehen. Sind wir unterwegs auf der Wanderung, heisst es, laufend Zeit- und Risikomanagement im Auge zu behalten. Dazu den richtigen Weg zu finden und auf Unvorhergesehenes adäquat zu reagieren. Im Winter, wenn wir mit den Schneeschuhen abseits gesicherter Pisten unterwegs sind, kommt noch eine weitere Dimension dazu. Deshalb gibt es nur selten Momente, in denen auch ich das Unterwegssein in vollen Zügen geniessen kann.

Der Wanderleiter kann nicht wählen wann, wo und mit wem er unterwegs sein möchte. Und auch nicht die Intensität, das Wetter und die Dauer. Er hat einfach zu einer vorbestimmten Zeit da zu sein, top motiviert, gut gelaunt und mit kompetentem Auftreten. Als Vorbild, auf dem alle Augen ruhen, hat er nie eine Verschnaufpause. Ist man nicht mit Wandergruppen unterwegs, ist Büroarbeit angesagt. Und dies tönt einfacher, als es manchmal ist: Ziemlich geschafft kommt man nach einem anstrengenden, kalten Wintertag mit mehreren aufeinanderfolgenden Firmen-Events nach Hause. Man startet den PC auf und stellt fest, dass die zahlreich eingegangenen geschäftlichen Mails dringender Antworten bedürfen. Denn die Firmen wollen nicht warten. Gerade in der Hochsaison gibt es dann öfters eine Nachtschicht. Eine harte Zeit am Limit.

Freizeit ist selten geworden. In den ersten Jahren gab es praktisch keinen Tag, an dem ich frei hatte. Kommt hinzu, dass die Wanderungen und Anlässe vornehmlich an Freitagen, Samstagen und Sonntagen sowie abends stattfinden. Also dann, wenn der Grossteil der Bevölkerung frei hat. Dies ist der Pflege von Freundschaften nicht gerade zuträglich. Die teilweise längeren Auslandaufenthalte, Wanderwochen und unregelmässigen Arbeitszeiten verunmöglichen zudem Mitgliedschaften in Vereinen oder den Besuch eines mehrteiligen Kurses, da man die Hälfte der Zeit abwesend wäre.

Dies sind die Schattenseiten eines ansonsten interessanten, abwechslungsreichen, aber auch sehr herausfordernden Berufes. Vielleicht ist dies der Grund, weshalb in der Schweiz nur einige wenige diese Tätigkeit hauptberuflich ausüben.

Öfters nehme ich Praktikantinnen und Praktikanten auf die Wanderungen mit. Während der Ausbildung zum Wanderleiter müssen sie solche Praktikumstage absolvieren und dokumentieren. Meist haben diese Praktikanten noch grosse Träume und sind noch nicht auf dem Boden der Tatsachen angekommen. Auch sie erliegen dem äusseren Schein. Eine Praktikantin hat geschrieben: «Nun möchte ich mein Hobby noch etwas verfeinern, dazulernen und zu meinem Beruf machen, also Wanderleiterin.» Solche und ähnliche Sätze stehen oft in den Bewerbungsschreiben. Wenn man dann einige Jahre später genauer nachfragt, was aus den Praktikanten geworden ist, gehen 99% noch immer ihrem angestammten Beruf nach.

Auch ich musste und muss immer noch hart arbeiten und auf vieles verzichten. Einiges hat sich ganz anders entwickelt, als ich mir das vorgestellt hatte. Vor allem den psychologischen Faktor habe ich völlig unterschätzt. Für mich standen der körperliche Einsatz, Führungskompetenz, Risikomanagement und Fachkenntnisse im Vordergrund. Dass einige Wandergäste den Wanderleiter auch als Psychotherapeuten ansehen, hat mich anfangs überrascht. Doch je mehr ich mich gezwungenermassen mit diesem Bereich befasse, desto interessanter dünkt er mich. Zudem hält er für meine Arbeit durchaus hilfreiche Nebeneffekte bereit: Das subtile und unauffällige Lenken einer Gruppe, das frühzeitige Erkennen von möglichen Problemen innerhalb der Gruppe, Motivation und Unterstützung bei schwierigen Wegpassagen ...

Um zur Eingangsfrage zurückzukommen: Beruf oder Berufung? Schwierig zu sagen. Von beidem etwas. Und ganz sicher keine freiwillige Freizeitbeschäftigung!

Aber wie sagt man so schön?

Was dich nicht umbringt, macht dich stark.

In diesem Sinne: Auf zu weiteren Herausforderungen!

PS: Falls auch Sie mal eine Wanderung, eine Schneeschuhtour oder ein Outdoor-Fondue erleben möchten, finden Sie weiterführende Informationen unter www.Bergträume.ch !